中国散文60强

从天空到大地

鲍尔吉·原野 / 著

北京联合出版公司
Beijing United Publishing Co.,Ltd.

图书在版编目（CIP）数据

从天空到大地 / 鲍尔吉·原野著. -- 北京 ： 北京联合出版公司，2024. 8. -- （中国散文60强）.
ISBN 978-7-5596-7853-9

Ⅰ．I267

中国国家版本馆CIP数据核字第2024Y70Y36号

从天空到大地

作　　者： 鲍尔吉·原野
出 品 人： 赵红仕
出版监制： 张晓冬
责任编辑： 高霁月
特约编辑： 和庚方　张　颖
封面设计： 立丰天

北京联合出版公司出版
（北京市西城区德外大街83号楼9层　100088）
三河市同力彩印有限公司印刷　新华书店经销
字数150千字　650毫米×920毫米　1/16　14印张
2024年8月第1版　2024年8月第1次印刷
ISBN 978-7-5596-7853-9
定价：65.00元

版权所有，侵权必究
未经书面许可，不得以任何方式转载、复制、翻印本书部分或全部内容。
本书若有质量问题，请与本公司图书销售中心联系调换。
电话：17710717619

"中国散文60强"丛书

编委会

丛书总策划

张　明　著名出版人

编委主任

邱华栋　全国政协常委
　　　　中国作家协会副主席、书记处书记

编　委

叶　梅　中国散文学会会长
陆春祥　中国散文学会副会长
冯秋子　中国作家协会原社联部副主任
吴佳骏　《红岩》编辑部主任
张　英　资深媒体人
文　欢　作家、资深编辑

中华散文的文脉与发展

——"中国散文60强"总序

邱华栋

中国是诗的国度,亦是散文的国度。

穿越千年时空,从明清至唐宋,再由魏晋南北朝至两汉先秦一路回溯,汉语言文学中的散文实乃根深叶茂,硕果累累。无论是"唐宋八大家"之雄文美文,还是骈俪多姿的辞赋,以及名垂史册的《史记》《左传》,均为中国文学史上的璀璨明珠。"散文"与"诗"一道,成为中国文学的"嫡系"。尽管,后来从西方引进嫁接技术所催生的"小说",大有"喧宾夺主"之势,终究还得"认祖归宗",血脉和基因是无法改变的。

在中国散文流变历程中,曾出现过两次鼎盛期。一次是被文学史家所公认的"先秦散文"时期。其时,伴随着春秋时期的思想解放,诸子蜂起,百家争鸣,一大批散文家以饱满的气血、驳杂的学识和破茧的精神,创造出了散文的繁荣和辉煌局面,对后世产生了极大的影响。

到了"五四"时期,中国散文迎来了第二次鼎盛期。白话文如劲风激浪,吹刮和涤荡着神州大地。沉睡的雄狮醒来了,偃卧的小草开始歌唱。许多学贯中西的进步文人,肩扛文化变革的大纛,冲锋陷阵,掀起了一波又一波的新文学浪潮。《新青年》上刊载的散文,犹如一束束亮光,不但给人以希望,还给人以力量。"五四"以来的散文作品，无论是观念和主题，还是形式和风格，都跟以往的散文迥然不同。最具代表性的，当属鲁迅先生的散文（包括杂文），其刚健、凌厉的文质，疗救了中国散文长久以来颓靡不振、钙质疏流的顽疾。此外，周作人、郁达夫、朱自清、萧红、沈从文等一大批作家的散文创作亦各具特色，呈一时之盛，影响深远。

时代的前行催生了文学的发展，然而文学与时代有时并不同步甚至充满了"张力场"。"五四"的个性解放虽然催生了一批个性鲜明的散文精品，但这样的生态并未持续多久，中国散文的波峰出现了向低谷滑行的趋势。有论者指出，"散文在50年代既是对解放区散文文体意识的放大，又是对五四散文文体精神的进一步偏离。这种放大和偏离表现在个体性情的抒发让位于时代共性或者时代精神的谱写，政治标准优先于艺术标准，批判性为歌颂性所取代等诸方面。"（董健、丁帆、王彬彬《中国当代文学史新稿》）1960年代初，散文创作一度出现了活跃，"专业"从事散文创作的作家群凸显出来，刘白羽、杨朔、秦牧相继登场，迅速成为散文界的三位名家。但他们的作品后人评价褒贬不一，认为其中颂歌式的写法较为单向，这种模式化的写作，不但对散文的建设毫无益处，反而扼杀了散文的个性和神采。

"文革"十年，中国散文更是一片凋零和荒芜，乏善可陈。1970年代末，一些历经浩劫的作家开始复苏，解除思想枷锁，重新拿起笔来写作，中国散文才又凤凰涅槃，焕发生机。加之各种文学刊物纷纷复刊和创刊，以及大量西方文化读物的译介出版，更为这些饥渴、桎梏太久的散文作者提供了登台亮相的舞台和瞭望世界的窗口。

1980年代初期，伴随改革开放的热潮，思想解放大旗招展，文化随之繁荣，诸多承续"五四"精神的作家以笔为旗，抒发胸中压抑既久之块垒，出现了一批抒情性质浓郁的散文，使得现代散文这块"百花园"芳菲争艳，蔚为大观。特别是1980年代中期，随着作家主体意识的不断强化，中国文学开始呈现出一个崭新局面，作家从"集体意识"中抽身而出，重新返回"个体"，注重对生活的体察和内在情感的表达。这一时期，散文的艺术性得以强化，文本的精神内涵和表现空间得以拓展。

　　进入 1990 年代，社会发展日新月异，城镇化进程锐不可当，文化领域亦呈多元格局。各种文学思潮相互碰撞，人文精神的讨论更是打开了作家们的创作思路。"大散文"概念的提出，引发了散文界对散文的内涵和外延的重新讨论和界定。风靡一时的"文化散文"热，成为文坛上一道靓丽的风景。"新散文""原散文""后散文""在场散文"等散文流派"你方唱罢我登场"，争奇斗艳，各领风骚。

　　及至二十世纪末，一批深具先锋意识和文体自觉的新锐作家，像一头公牛闯入瓷器店，使散文天地发生了激烈的碰撞和变化，形成一股新的散文潮流，提升了散文的审美品质和精神向度。

　　纵观 1978 年至 2023 年四十多年来，中华大地在"改开"的黄金时代中，社会生活奔涌激荡，各种思潮风起云涌，散文创作更是云蒸霞蔚、气象万千，涌现了众多成就斐然、风格各异的散文作家和具有思想深度、艺术上乘的散文作品。岁月的流水冲走了枯枝败叶和闲花野草，中流砥柱却巍然屹立。时间留住了新时代的散文经典，经典在时间的长河中绽放光芒。以沙里淘金的经典散文向"改开"的时代致敬，是我们不可推卸的责任和义务。

　　别看散文的门槛貌似很低，要真正写好，却实属不易。优质散文是有难度的写作，它不但需要作者的智识、胸襟、眼界、修养和气度格局；更需要写作者的态度、立场、慈悲、良知和批判勇气。遗憾的是，散文创作繁荣和光鲜的另一面，却是大量平庸甚至低劣之作的泛滥，不但败坏了读者的胃口，而且造成了物质和精神的极大浪费。散文作家层出不穷，散文作品汗牛充栋，可真正能让人记住的散文佳构却凤毛麟角。

　　散文要发展，文学要前行。发展和前行就要从平庸的樊篱中突围。在突围的过程中，散文作家不可太"聪明"，不可太世故，要永存对文学的敬畏之心。一言以蔽之，散文的尊严来自散文作家的尊严。也可以说，要想散文繁荣，首先需要有一批人格健全，品德高尚，铁肩担道义的散文作家。什么样的人写什么样的文章。特别是写散文，最容易看出一个作家的内在品质和境界涵养。一个人格不健全的人，哪怕他作文的技法再高妙，也很难写出撼人心魄、抚慰灵魂的散文来。作家精神品质的高低，直接决定其作品的精神向度。

为了散文写作的突围和发展，为了建设独具特质的当代散文，也是为了更好地从经典散文中汲取营养，我认为有必要正视和重申一些常识性的思考。高头讲章的理论是灰色的，常识之树却蕤葳常青。

一、作家的个体精神决定散文的优劣。常言道，散文易学而难攻。难在什么地方，不是难在技巧，而是难在作家个体精神的淬炼上。倘若作家的个体精神不够丰富，不够深刻，不够清澈，纵使他手里握着一支生花妙笔，也写不出令人称赞的散文。那么，如何才能做到个体精神的丰富性呢，这就要求作家时时刻刻不背离生活，要知人情冷暖，体察人间百态，关心民瘼，有忧患意识，不要做生存的旁观者。一个冷漠甚至冷酷的人，是不适合从事散文创作的。

二、真诚是确保散文品质的基石。散文创作跟作家的生存经验息息相关，可以说，真正优质的散文，无不牵连着作家的血肉和心性。作家的喜怒哀乐，悲欢离合，都或隐或显地暗含在他的作品中。假如在一篇散文作品中，读者既看不到作者的体温，又看不到作者的态度，那这篇作品或许就是失败的。说明这个作者在他的作品中"说谎"或"造假"，缺乏真诚之心。作家一旦失去真诚，为文必定矫揉造作，作品也必定会失去生命力。因此，真诚是散文的"生命线"，也是"底线"。

三、个性是促进散文生长的养料。人无个性便无趣，文无个性便平质。当下，每年都会诞生数以万计的散文篇章，但能够让人记住，且读后还想读的作品并不多，何故？概在于这些数量庞大的散文，无论题材，还是语感都千篇一律，像是从"模具"中生产出来的，缺乏辨识度。散文要发展，必须要求作家具有"个性意识"。"个性意识"不是标新立异，更不是哗众取宠，而是一种"创新意识"和"审美意识"。但凡在散文创作方面被公认的那些大家，都是"文体家"，他们以自觉的写作实践，开创了散文写作的新路径。不合流俗方能独步致远，推动散文的建设和繁荣。

当然，以上几点并非创作散文的圭臬，谁也没有资格去为散文"立法"。

散文是自由的创造，散文精神即自由精神。我之所以提出来，仅仅是希望引起散文同行们的重视和参考，共同为中国当代散文的发展尽力增光。

我们策划、编选"中国散文60强"（1978—2023）的初衷，旨在对新时期以来的中国散文创作作出梳理、评价和选择，试图精选出风格各异的代表性散文作家，以每位一部单行本的形式，呈现出中国新时期优质散文的大体样貌。此项目的发起人为资深出版人张明先生。多年来，他一直追求做高品位的纯文学书籍，也曾连续多年与中国散文学会、中国小说学会合作，出版年度《中国散文排行榜》和年度《中国小说排行榜》。2023年他策划出版了《中国小说100强》，反响不俗。身处喧嚣、纷杂的环境，能以如此情怀和心力来为文学做如此浩大的工程，不能不令人钦佩！

感谢张明先生邀请我和叶梅、冯秋子、陆春祥、吴佳骏、张英、文欢组成编委会，共同遴选出60位作家。我们在召开筹备会的时候，即将作品的思想性、艺术性、代表性以及影响力作为编选的基本原则。在确定入选作家名单时，我们认真商讨，反复研究，生怕因为各自的眼力、审美和趣味之别，造成遗珠之憾。好在我们的工作得到了作家们的积极回应和鼎力支持，惠风和畅，大地丰饶。

60位入选的作家，既有令人尊敬的文学大家，如孙犁、张中行、汪曾祺、史铁生、邵燕祥、流沙河、刘烨园、宗璞、贾平凹、韩少功、张炜、梁晓声、阿来、冯骥才等。这批散文大家的作品，文风质朴、清朗、刚健，充满了"智性"和"诗性"。无论他们是写怀人之作，还是针砭时弊，歌咏风物，都有着鲜明的文化立场和审美取向。他们或出入历史，借古观今；或提炼人生，洞明世事，输送给读者的都是难能可贵的"精神营养"。

也有被散文界公认的名家，如李敬泽、王充闾、马丽华、周涛、冯秋子、叶梅、筱敏、张锐锋、周晓枫、于坚、鲍尔吉·原野等。这些作家的散文作品，特色鲜明，风格独特，诚挚内敛，从内容到形式，都作出了各自的探索和尝试，为当代散文注入了活力。从他们的作品中，我们不但能够领略汉语之美，更可以借此反观生活与存在，寻找人之为人的价值和尊严。

还有散文界的中坚力量和青年才俊，如彭程、谢宗玉、江子、雷平阳、任林举、塞壬、沈念、傅菲、吴佳骏、周华诚等。从他们的作品中，我们见到的，不只是中国散文的文脉传承，更是自由精神的张扬。他们文心雅正，笔力锋锐，不跟风，不盲从，始终保持着独立的思索和判断，在各自所开辟的散文园地中精耕细作，以崭新的姿态参与和推动当代散文的变革。

其实，细心的读者不难发现，入选本丛书的老、中、青三代作家都有个共性，即他们均在以自己的作品审视心灵，心系苍生，弘扬真善美，鞭挞假恶丑，充满了正义感和人道主义精神。这自然与时下众多书写风花雪月，一己悲欢，充塞小情趣、小可爱的散文区别开来。正是因为有他们的存在，中国当代散文才呈现出一幅绚丽多姿的长卷。

需要说明的是，有些重要的散文家，如张承志、余秋雨、王小波、苇岸、刘亮程、李娟等人，由于版权或其他不可抗原因，未能将他们的作品收录进来，我们深以为憾。

我们还要感谢北京立丰天文化传播有限公司的资金支持，感谢北京联合出版公司的精心编校，他们慷慨和无私的义举，对于繁荣中国当代散文创作、对于赓续中华优秀散文文脉、对于中国新时期的文化积累，均具重大价值和意义，可谓善莫大焉。这套丛书的出版意义将同《中国小说100强》一样，旨在给读者以经典的指引，这既是一项重要的原创文学工程，同时也是助力推动全民阅读和研究传播文化的公益工程。

郁郁乎文哉，中国散文有幸！

是为序。

2024 年 5 月 12 日星期日

（作者为全国政协常委，中国作协副主席、书记处书记）

目 录
Contents

第一辑　天空

002 | 青海的云

004 | 云什么时候变成有用的东西呢？

007 | 云是一棵树

010 | 光的笑容

013 | 车站的月亮

015 | 群星的呼喊

017 | 根河的夜

020 | 屋顶的夜

022 | 银河的手臂

第二辑　大地

026 | 每个人理应赞美一次大地

029 | 告别桑园

031 | 沙漠里的流水

034 | 石屋是山峰的羊群

第三辑　河流

038 | 布尔津河,你为什么要流走呢?

041 | 河对岸的星群

043 | 黑河白水

045 | 激流河

048 | 夜的河

050 | 眺望冰河

052 | 河流里没有一滴多余的水

054 | 河流没有影子

第四辑　季候

058 | 早　春

060 | 春雪的夜

063 | 不要跟春天说话

065 | 春是春天的春

068 | 初　夏

071 | 大夏之夏

074 | 七月有权利炎热

077 | 初　秋

079 | 秋叶漫游世界

081 | 四　季

第五辑　雨

086 | 雨的灵巧的手

089 | 雨下在夏至的土地上

091 | 雨中穿越森林

093 | 雨落大海

095 | 在雨中跑步

第六辑　树

098 | 白桦树上的诗篇

101 | 跑步浪费香味

104 | 上帝的伏兵

105 | 树的尽头

107 | 树活两辈子

109 | 树木有梦

111 | 树墙那边

112 | 松　塔

115 | 走不过边境的树

第七辑　草

120 | 凹地的青草

122 | 草垛里藏着一望无际的草原

125 | 草言草语

127 | 风吹草动

129 | 干　草

131 | 甘　草

134 | 鬼针草

136 | 南风里有青草的香味

138 | 铁轨中间的草

第八辑　花朵

142　｜　樱桃花在枝头想念樱桃

144　｜　色彩的旋转和燃烧

146　｜　少女的集市

148　｜　金莲花如石头压满大地

151　｜　花朵记

154　｜　鸡冠花

157　｜　荷花骑马坐轿

159　｜　和梨花一起白头

第九辑　果实

162　｜　苹果籽

164　｜　把自己甜死的甘蔗

167　｜　高粱与石榴

169　｜　美丽的葡萄

172　｜　悬崖的玉米

174　｜　一粒米重如山

177　｜　种　子

第十辑　鸟

180 | 白马寺的鸽子

182 | 甘丹寺的燕子

185 | 麻　雀

188 | 鸟儿叮咛

191 | 鸟儿在嘲笑什么?

194 | 鸟　居

197 | 鸟群飞过峡谷

第十一辑　火

200 | 火

203 | 黑天使在他唇上安眠

207 | 火　花

第一辑　天空

青海的云

青海的草原像一块被雨水淋湿的毡子，太阳升起后，开满鲜花。白色的道路和毡房兜在上面，像刚刚打开的一幅地图。小鸟儿翻飞，挑选地面上哪一朵花开得更好。河流四肢袒露，是大地脱去衣衫露出的银白色肌肤。

大地洗浴时，身体在阳光下闪光，它波浪的肋骨里藏着鱼的秘密，沙蓬和旱柳走到岸边看石子底下的金屑。

我开车去扎陵湖，路边草滩站着两个小女孩，手里拿野花。她们腼腆节制笑得热烈，原来是鲜艳的衣裤被太阳晒褪色了，而腮边如胭脂那么红。这里没有人烟，两个孩子像从地里冒出来的。这里的土地生长异乎寻常的生物，包括胭脂红的孩子。她们如同欢迎我，虽然不知我之到来。看到这样的孩子，为之情怯，仿佛配不上她们的清澈。

所谓"远方的客人请你留下来"，这句歌词在青海极为写真。大城市的人不会对外来者生出这样的邀约。纯朴的牧民，特别是孩子们笑对远方的来客，敬意写在脸上。茫茫草地上，不需要问谁是远来的人，一望即知。

说起来,想都想不明白,他们为什么会尊敬与爱一个陌生的闯入者呢?

这与他们的价值观相关。牧人们在草场支蒙古包,地上钉楔子系绳。搬走的时候,拔出楔子,垫土踩实,不然它不长草。不长草的泥土如同有一处伤口,用蒙古人的话说——可怜,于是要照顾土地。他们捡石头架锅煮饭,临走,把石头扔向四面八方,免得后来的牧民继续用它们架锅。它们被火烧过,累了,要休息。这就是蒙古人的价值观,珍惜万物,尊重人,更尊重远方的来客。

在湖边,我下车走向拿花的女孩。她们犹豫一下,互相对视一下,扭捏一下,突然唱起歌来,是两个声部,蒙古长调。

如此古老的牧歌,不像两个孩子唱的,或者说不像唱出来的。歌声如鸟,孩子被迫张嘴让它们飞出来。鸟儿盘旋、低飞,冲入云端。在这样的旋律里,环望草原和湖水,才知一切皆有因果,如歌声唱的一般无二。歌声止,跟孩子摆摆手上路,这时说"你们唱得真好"显得可耻。

脚下的土地绿草连天,没一处伤口。在内蒙古,由于外来人垦荒、开矿以及各种名目的开发,使草原大面积沙化。沙化的泥土不知去向,被剥掉绿衫的草原如同一个丰腴的人露出了白骨。失去草原的蒙古人,不知怎样生存。八百年来,他们没来得及思考放牧之外其他的生活方式。

青海的云,是游牧的云。云在傍晚回家,余晖收走最后的金黄,云堆在天边,像跪着睡觉的骆驼,一朵挨着一朵,把草原遮盖严密。不睡的骆驼昂首望远,是哨兵。到了清晨,水鸟在湖面喧哗,云伸腰身,集结排队。云的骆驼换上白衣,要出发了,去天庭的牧场。

云什么时候变成有用的东西呢？

头一回来到哈萨克草原，是在塔城的铁列克提。那里的丘陵草原跟内蒙古的牧区差不多。大块的云彩飘过，人们看到云的影子在绿草上飞跑，如黑色的马群。像内蒙古一样，这里的草原上会远远地出现一棵树，枝叶繁盛但不高大，它好像走不出草的包围，正在犹豫，在回忆一件事。这样的小树在早晨拉出长长的影子，好像一位矮个子君王从长长的地毯走来，地毯就是他的影子。

铁列克提草原到处是草的芳香。这是草、野花和被熊蜂扑散的花粉集体发出的香气。香气在鼻腔和喉咙涂了一层凉丝丝的空气般的蜜，让人们想唱歌。我想起的第一首歌是——"流浪的人啊越过天山，走过了伊犁，你可曾看见过阿瓦尔古丽，我要寻找的人啊就是啊你，哎呀美丽的阿瓦尔古丽。"走过新疆才知道，天山有多么雄浑辽阔，人和动物在它面前就像蠕动的蚂蚁或比蚂蚁更小的微生物。而唱歌的人越过庞大的天山，仅仅为了寻找娇小的阿瓦尔古丽吗？办这么一件大事只为了两人相爱这么一件小事。在维吾尔、哈萨克人看来，翻越天山是小事，爱情才是大事而且是永恒的大事。这份感情不是人和天山比较出来的，而是旋律里唱出来的。只有越过天山的人才有这样广阔的忧伤。

草原上的小树在天边，从山坡背后站立。距离远得让它们彼此看不到，人们坐在车上可以看到。风向变了，云彩的影子往西边的草原移动，而那边有热烈的金莲花，它如油菜花一样鲜艳，但不是花田。它们按自己的意愿组合，变成小片或大片，比油菜花更野性。云彩的黑影遮住它们，金莲花似乎变白了，而绿草像被野火烧过一样黑。云影移过草地，看上去阴影没动，是金莲花和绿草从黑土里跳出来或逃出来亮出色彩。金莲花的花朵拉着前面那朵花的黄裙子嬉笑着躲避云的阴影。

一只鹰飞过去，让我感到这里是新疆的草原。我看到鹰是先看到它在草原上飞逝的黑影，如一只黑兔掠过。抬头看，一只鹰从头顶划过，它双翅宽阔，比身体宽几倍，翅尖向上挑起，如佛教徒用中指做的手印。我没见过鹰扇动翅膀，它一直在滑翔。空气对鹰来说是起伏的冰原，它从巅峰滑下来，只需滑下去就够了。鹰把人的视线引向天边，山川轮廓柔美，合抱着耀眼的蓝天。白云常常像洪水一样从山隘泻出。在新疆，白云包围了所有的山脚，如蒸汽火车的雾气围绕车轮那样。山显出高大，但近看并不高，只是山和云的关系好，隔一会儿拥抱一下。

世上有多少朵云？这问题真不好回答。一天之中，从铁列克提草原天空飘过多少朵云？谁也答不上来这个提问，上帝也忘了今天早晨往天空撒了多少朵云。大云被风撕成小云，有的云被山顶的松树挂住了胳膊，有的云在山坳里睡着了。早上出门的云在晚上回家时，它们的数量、形状、长相都不一样了。我喜欢云层里的灰云。灰云仿佛让天的蓝色含一点绿色，更湿润。草原在灰云下面显出深绿，好像里面汪着水。

云彩什么时候可以变成有用一些的东西呢？像棉花一样堆在地上，人钻进去散步或谈恋爱。冬天，把云加工成热云，在夏天加工成凉云。在云里安床，放桌椅板凳，拿鼓风机吹出一条道。云的地板是白色的橡皮泥，踩上去有弹性和香味。如果云足够大，人们在地面的云里建一座小村庄，建造刷红漆和绿漆的木头房子。在那样的屋子里，人们不看电视只吃棉花糖。

云是一棵树

我见过喀纳斯的云在山谷里站着,细长洁白,好像一棵树。我过去看到的云都横着飘,没见到它们站立不动,这回见到了。

旅游者很难形容喀纳斯的景色。喀纳斯不光有一个湖,它还有神秘的、用蒙古名字命名的黑黑的山峰,有碧玉般的喀纳斯河,有秀美的白桦树和松树。我喜欢把白桦树和松树放在一起说。在喀纳斯,白桦树和松树常常会长在一起。白桦树像水仙花那样一起长出几株来,树身比白杨树更白,带着醒目的黑斑节。松树比白桦树个头矮但更壮实,一副男人的体魄。松树尖尖的树顶表示它们在古代就有英雄的门第。它们长在一起,让人想到爱情,好像白桦树更爱松树一些,它嫩黄的小叶子在风里哗哗抖动,像摇一个西班牙铃鼓,看上去让人晕眩。喀纳斯松树的树干,色泽近于红,是小伙子胳膊被烈日晒红了的那种红,而不是酱牛肉的红。松树如果有眼睛的话——这只是我的想象——该是多么明亮、深沉与毫不苟且的眼睛,一眼看出十里远。

喀纳斯的云比我更了解这一切。它每天见到黄绒的大尾羊从木板房边上跑过去，看到明晃晃的油菜花的背后是明晃晃的雪山，雪山背后的天空蓝得让人睁不开眼睛，眼睛成了两只紧闭的蚌壳。云的职责是在山间横行，使雪山不那么晃眼。它在白桦树和松树间逛荡，好像拉上一道浴室的门帘。云从山顶一个跟头栽到地面却毫发无损，然后站在山谷。我在喀纳斯看见山崖突然冒出一朵云，好像云"砰"的一下爆炸了，但我没听到声音。我看到白云蹲在灰云前面，像照合影时请女士蹲下一样。白云在灰云的衬托下如蚕丝一般缠绵，我明白我在新疆为什么没见到白羊却见到了黄羊，因为云太白，羊群不愿意再白了。

喀纳斯的云可以扮演羊群和棉花糖，可以扮演山谷里的白树。喀纳斯河急急忙忙地流入布尔津河与额尔齐斯河，云在山的脚下奔流。它们尽量做出浪花的样子，虽然不像，但意思到了，可以了。云不明白，它不像一条河的原因并不是造不出浪花，而是缺少"哗哗"的水声，也缺少鱼。这些话用不着喀纳斯的云听到，它觉得自己像一条河就让它这么去想吧。

我写这篇短文是更愿意写下布尔津、额尔齐斯、喀纳斯这些蒙古语的地名，听起来多么亲切。这些名字还有伊犁、奎屯、乌鲁木齐以及青海的德令哈，它们都是蒙古语。听上去好像马蹄从河边的青草踏过，奶茶淹没了木碗的花纹。蒙古语好像云彩飘在天山的牧场上，代表着大大小小的河流和山脉，更为尊贵的名字是博格达峰，群山之宗。蒙古语适合歌唱、适合恋爱、适合为干净的河山命名。这些地名用维吾尔语、哈萨克语、塔塔尔语说出来好像是一个动人的故事的开头。它们是云，飘在巴旦木花瓣和沙枣花的香气里。

喀纳斯的云飘到河边喝水。喝完水，它们躺在草地上等待太阳出来，变成了我们所说的轻纱般的白雾。在秋天的早上，云朵在树林里奔跑，树枝留下了云的香气。夏季夜晚，白云的衣服过于耀眼，它们纷纷披上了黑斗篷。

  喀纳斯的云得到了松树和白桦树的灵气,它们变成了云精,在山坡上站立、卧倒、打滚和睡觉。去过喀纳斯的人会看到,云朵不仅在天上,还在地上。人们走过青冈树林,见到远处横一条雾气荡漾的河流,走近才发现它们是云。喀纳斯的云朵摸过沙枣花,摸过巴旦木杏和核桃,它们身上带着香气并把香气留在了河谷里。早上,河谷吹来似花似果的香味,那正是云的味,可以长时间地留在你的脖子和衣服上。

  喀纳斯的云会唱歌。这听起来奇怪其实一点不怪。早上和晚上,天边会传来"唑——"或者"哦——"的声音,如合唱的和声。学过音乐的人会发现这些声音来自山谷和树梢的云。它们边游荡、边歌唱。在喀纳斯,万物不会唱歌将受到大自然的嘲笑。

光的笑容

光从长裙似的厚窗帘的脚下射进来时，只有三寸长，它落在提花地毯上，好像捕捉羊毛里的尘埃。如果你"哗"地掀开窗帘，光像洪水一般扑进来，占领屋里的每一个角落。还是节省点光吧，我一点点拉开窗帘，光像客人从一条窄道走下来。它们只走直线，前方不管是床或者椅子，光都要走过去，把自己的衣服摊在上面。

每天从窗外进入我家里的光是原来的光吗——昨天、前天、许多天以来的光？

这些光线——它虽然被称为线，我实在不知道它们是多少根线——真像是我家里的熟人，从窗玻璃上的每一部分穿越而来，从它和煦的温度上可以感到这些光线带着笑意。如此说，光带着笑容来到我家。是的，否则它来此做什么呢？

光坐在地板上笑，它们坐在橱柜、枕头、书本、床头的眼药水上笑，它们坐在垂直的镜子上笑，它们在镜子里看到了墙壁和吊灯上的光的兄弟。

这些光线只是光的先头部队，是天色微曦之后进入屋子里面的亮，我称之为"泛光"，而整齐的光的队伍在后面。当阳光越过前楼的屋檐进入房间时，它们全穿着金色的制服。这些光不乱走，这些光永远保持队形，排成一字的方形向前面推进。无论遇到什么东西，早晨的光都刻板地为这些东西涂上一层金色。如果你在地板上放一个金黄色的小南瓜，阳光也照样为它涂上金色，虽然南瓜身上一点也不缺这种颜色。

如果我家的黑猫飞龙少校端坐在光里，光比平时劳累。它把金色洒在飞龙的每一根毛上，而猫的毛又如此之多。飞龙如刺猬一样沐浴在晨光里，不时看一看自己爪子上的光，但没等它把光舔进肚子，光已经跑了。爱因斯坦早就说过，光的速度是人可以理解的速度里面最快的，但飞龙少校从未听说过爱因斯坦，连塔吉克斯坦也闻所未闻，它认为斯坦并不比一只麻雀更重要。

光行进的时候，边走边衍生新的光，即反光，否则光不够用了。反光也是光，你看到光在地板上缓缓推进时，它的反光已经把天花板照亮了，这又省了许多光。没错，墙壁也被照亮了。我家卧房的墙壁露出布达拉宫式的红色，客厅露出小葱的绿色，它们上面进驻了光。

然而我们并没有见到光本身，这样说好像不讲理。怎样说才讲理呢？在光照中，我看到了栗子色的地板、彩色墙壁和其他东西的轮廓与色彩，但它们是地板、墙壁与其他东西，并不是光。光是透明的？当然透明，光从来不是一堵墙。然而透明的水、玻璃与水晶都有实体（佛家称之为色），而光的实体在哪里？

你伸出手，当你看到你的手时，光就在你的手里，你却握不住它，更不能把光藏起来。以人的贪婪的本性而言，如果可以把光藏起来，不知有多少人藏起多少光，大街上到处是卖光的人，行贿也会贿之以光，但太阳没让人这样做。造物主所造的核心物质都具有不可复制性与不可储存性，比如空气，比如光。电来自能源转换而非制造，同时不可储存。

在我们见到光照射万物时，仍然可以说我们不知什么是光，没见过光本身。你说光原本不存在也未尝不可，说它存在，你怎么指给人看呢？爱在哪里？智慧和仁慈在哪里？人没办法指出它们，尽管它们就在那里。

我趴在地板上摆火柴棍测量阳光的行进速度，后因接电话把这项重要试验耽误了。当你趴着看地板上阳光的脚步时，光似乎不动了。从理论上说，光每秒每刹那都在行走。从实践——以人的视网膜、人的无法安住的心念——说，它不曾移动，而人一转身，它又迈了一大截。光均匀地走过房间和整个大地，走过上午和下午。光时时在生长，人从来抓不住它们不断生长的尾巴。从古至今，只有光从容不迫。

车站的月亮

常识说月亮只有一个,我宁愿相信月亮有备份有值班因而有许多个。李白和苏轼的月亮已被他们带走了,他们离不开月亮,走到哪里都要跟月亮一起玩,带着酒。草原、戈壁和西拉木伦河都有各自的月亮,为什么说月亮只有一个呢?月亮们形状如一、胖瘦如一,但性格和气味不同。我感到戈壁的月亮太高,而呼伦贝尔秋天的月亮看上去挺有钱。火车站的月亮只照各地的车站。

车站的月光被两道闪光的铁轨支出去太远,好像铁轨是月亮走到人间的梯子。月亮在汽笛和人流黑潮中显出工业化的特征。在站台等车,常听到喇叭里传出不需要旅客听懂的话,譬如——洞幺拐两进五道。我在心里给这种话续下一句——天地悲凉草木秋。喇叭里说:接车拐六幺幺拐。对曰:碧海青天夜夜心。这一些奇怪的话,列车来到脚下微微地震动,唯一戴红色大檐帽的铁路员工对着铁轨立正,都在月亮的注视下显出苍白,让人觉得车站的月亮很操心,缺少休息日,熟悉工作流程。

一次，我坐的火车在俄国布里亚特北面的阿巴干车站停了五个小时。问停车的原因，说这列始发于乌兰乌德的火车比规定的时间早到了五个小时。阿巴干车站虽然没有往来车辆占道，也要按自己的时刻表运营。我们等待，但俄国的旅客并不觉得等待，认为这是生活的一部分，仿佛上帝来到阿巴干也要停留五个小时。俄国人在车站喝酒、接吻，有人把毯子铺在站台上睡觉。我在月台上光着膀子慢跑。那时候，我抬头看到阿巴干车站的月亮微红，像从桑拿房里出来的女人。天没黑的时候，麻雀从我肩头、耳朵边上笔直飞过又飞回，我从来没见过如此不怕人的麻雀。天色转为蓝灰色的暮霭，这里的天桥如同巨大的车站。我不明白俄国人为什么把天桥修得那么高，楼梯如同中山陵的台阶。在天桥上瞭望，可见方圆几十里景物。它也许担负着军事上的职责，是一个要塞的制高点。在天桥上，我看到阿巴干车站的月亮从布满密林的山峦往上升，山峦之间有白的夜雾包裹，符合黄宾虹所画山水的皴法。月亮微红只是它的特色之一，这里的月亮的第二个特色是横着走，仿佛是一艘轮船。在中国，月亮——不管是不是车站的——照例向上升，如气球那样。我想起了一首乌克兰民歌《德聂伯尔》的歌词——你看那月亮暗淡无光，在黑云后面徜徉。是的，这个月亮可能从乌克兰飘过来，没拦住，飘到了南西伯利亚。

斯图加特火车站的月亮仿佛被奔驰公司收买了。这个火车站由奔驰公司修建，楼顶有一个莹白发亮且旋转的奔驰车标。从我站的地铁站的角度看，月亮跟车标并肩而立，一黄一白，都在转。斯图加特火车站没人售票，车头有一个孤独的司机。这里的车站听不到奇怪的广播。

车站的月亮属于离家的旅人，属于身上背行李的人、口音不同的人、着急的人。月亮用清光在地下写字：别离——回家。车站的月亮有清脆的回声。每夜，火车把月亮拉到远方，交给下一站的月亮。

群星的呼喊

听虫鸣可以练听力。夏夜的合唱里,虫的种类会超过一百种,越是细辨,越觉出大自然的丰富无可比拟,虫世界比人世界还要热闹。

作为音乐术语,听力,指倾听人对音准和音高的辨别力。唱歌跑调的人不是声带出了问题,是听力有偏差。而更深入的听力,可以同时听到乐曲中不同乐器的演奏,比如听出铜管乐里面小号和长号的音色,听到小提琴和竖琴的声音。莫扎特的晚期作品,喜欢以长笛和竖琴对位演奏,小提琴齐奏上下迎接,与歌剧的咏叹调相仿。长笛是女高音,竖琴是次女高音,小提琴是合唱队。当所有的乐器共同演奏时,同一时间听出不同旋律的不同乐器的演奏,就有相当好的听力,自然也是好的享受。

以这种态度听取虫鸣,感到大自然的音乐更神秘、渺茫与出人意料。把虫鸣当乐曲听,相当于看赵无极的画。他的画乍看像骗子画的,但越看越见出精妙,没有五十年的苦功,当不了这样的骗子。他的画不具象,就像虫鸣没有旋律性。而他画里的一与多、线与面、构图(他好像用不上构图这个词,没构过)合乎星空一般地萧散自如,做是做不出来的,画也画不出来。赵无极的画接近于音乐,音乐里面实在是"没有什么"。假如这个"什么"是主题、是高潮、是究竟的话,好的音乐一律什么也没有。听巴赫和莫扎特的音乐,似乎连铺垫也没有。我常想说巴赫的音乐没开头,劈面就是剥开的橘子瓣的脉络。但巴赫每首乐曲的开头,不是开头又是什么呢?这么一问,又把我问住了。但这种开头不是起承转合的起,是太极拳、云朵般连绵的意的截面。高级的艺术品首尾相连,像匈奴人崇拜的头尾相连的团形豹。

虫鸣也没有开头,谁也不知道夜里是哪只小虫发出的第一声鸣唱。它们的鸣唱织体晶莹,比星星散落得更远,好像流星们相互呼喊。我觉得流星那么突然地栽到一个地方,一定会传来呼救声,只是声音要经过亿万光年才传到我们 N 辈孙子们的耳边。那我们为什么听不到亿万光年之前流星的尖叫呢?可能人的生命太短,连一声流星声还没听到就过去了。这样,刚好可以把虫鸣当作群星(含流星)的呼喊。

箕坐山野,闭上眼睛听虫的鸣唱,感觉虫鸣如电脉冲在示波器里长短窜动,如同大地的心电图,又像草芽从土里钻出,还像一张大网把夜罩住,虫子从网里往外钻。睁开眼,四野空旷,平安无事,而三野则是华纵的别称。夜晚,天像玻璃碗一样空灵盈余,大地的绚烂全被黑暗收藏,唯一收不走的是这些晶莹的虫鸣。它们让大地铺满了钻石,天亮时跟露水一起消失。

根河的夜

蒙古史诗《江格尔》里写道：江格尔是唐苏克·蚌巴可汗的孙子，乌琼·阿拉德尔可汗的儿子。江格尔在银白色的额尔敦山的南麓建了一座金宫殿，这个宫殿好高，"离白云只有三指宽的距离"。《江格尔》还说，在江格尔身边围绕着十二员虎将和八千个宝通（野猪）。这么多野猪围着江格尔做什么呢？说下去我们才知道，野猪是江格尔对手下勇士的命名。谁作战勇敢，江格尔就命名他为勇敢的宝通，并允许他住在金宫殿里。

在根河行走，我每每想起这句话——"离白云只有三指宽的距离"，这是从肚脐眼到下面关元穴的距离，跟一位身高160的亚洲女人的鼻长差不多。根河的云朵从养狐狸的砖房的屋脊后面升起，离屋顶的烟囱只有三指宽。云朵掉进根河的流水里，离山杨树的倒影只有三指宽。根河境内森林密布，白云好像从世界各地赶过来到这里定居，享受荫凉、鸟啼和干净的河水。从云彩的形状看，有的云正在山脚下卸行李，有的云在天空寻找降落的草地。云在根河的天空里显得十分拥挤，而且没有空中管制。有些云互相冲撞却毫发无损并合并为同一朵云,像把一桶水泼进了河里一样。

到夜晚,事情发生了变化。我到根河时值七月,之前这里连下了好几天雨,大地上多出来好几千个水泡子,草原开满了小黄花和白色的野芍药花。在根河市住下来大约在晚上九点,天空并没有人们所说的黑透。粗略说,大地已经笼罩在黑夜里,而天空依然澄明,与黝黑的土地分割清楚。如果你愿意把这一种天色称为深蓝也不算错,但找不到蓝色,只是不黑而已。夜里,天空的云朵明显少了,这证明我所说的云彩来自世界各地的判断很对,它们经过长途跋涉,需要歇着,找地方扎自带的帐篷睡觉去了。夜空剩下的孤零零的云彩只是一些梦游者或掉队的云。我看到,这些云竟然是黑色的,它们有黑檀木那样沉着的黑色却不是乌云。所谓乌云是雨云,云层很低,连成片,移动迅捷。而这几朵黑云高悬天心,悠然不动。我明白了,这是根河独有的夜景。这里的天空不黑,白云缺少光的映射变成了黑云。

在这样的草原上夜行,见到远处弯曲的河流白亮如练,我几乎不敢相信自己的眼睛,以为那是白雪堆积在河道。上个月,也就是6月,我在新疆的喀纳斯漫游,看到野花盛开的草原的某一处山坳堆积白雪。这些雪好像与夏季无关,该化的雪在5月份已经化了。但在根河,闪着耀眼白光的河流只是河流,白光只是天光。此景让我非常留恋,黑黝黝的树林和草地里,弯弯的河流闪着白光,白光的尽头即天际分散着寥落的星星,仿佛是河流的尽头。

夜深了,我沿着公路往城里走。四外虫鸣,那一种晶莹的唧唧声,如同露珠在喊叫。露珠大概在和离自己"三指宽的距离"的另一颗露珠谈恋爱,它们的身子缩进圆圆的脸里,偎在草叶的掌根微笑。虫鸣如同黑暗的草地里藏着一万块瑞士手表,嘀嗒嘀嗒、咔嗒咔嗒,手表的齿轮在赛跑,看谁在天亮时跑到树尖上。城里也有一条河,当地人说这是从激流河引出的支渠。但我看它还是一条河,宽七八十米,水不深,在鹅卵石的河床里哗哗流淌,水声传出几百米外。

再往前走,闻乐声,循声来到一个广场,见到篝火晚会。看了一会儿,得知这是鄂温克人敬火神的聚会。几根松木支成帐篷形,人们把浇柴油的劈柴塞进松木下的空隙里,火焰熊熊。质朴的鄂温克男女老少手拉手围着火堆起舞。他们先是一个大圈儿,后来变成里外两个圈儿。里圈儿人步伐急骤,外圈儿人的动作迟缓一些。好像所有的民族在开蒙初期都有围拢火堆舞蹈祭祀的习俗。火焰驱赶寒冷、黑暗与野兽,熟化食物。如果没有电和电脑电视机,北方的各族人民现在可能都在围拢火堆跳舞呢。人的脸膛被火光照亮,手拉着与被拉着的、认识与不认识人的手向一个方向移动。音响传出的鼓声如同你的脚步声,这比上网有趣多了。鼻子闻到燃烧的松木味道,我抽空看一眼天上那朵黑云,但是天已黑透,像沥青的大锅把小黑云煮化了,整个天空被一个盖子扣严了。我们都跻身一个黑暗的罐子里,等明天的天空把盖子打开。

根河真是很小,我往回走的时候,又闻到了树林的气息。这是樟子松、落叶松、白桦林和山杨树混合在一起的味道,其中掺着土壤腐殖质与河流的气味。灯光明亮的街道上竟然传来了林区的气味,真是幸运。根河小镇是大兴安岭怀抱的小小的孩子,是藏在葱郁的大森林里的几条街道而已。

屋顶的夜

夜是什么？首先它不是一个对时间的描述。时间是穿过夜与昼的扦子，既不是日，也不是夜。夜是光线缺席？也不是。人们所说的光指太阳光，它只是光的一种。夜里亮起一盏灯，照亮墙壁和书本上的字。但夜还在，灯光撵不走夜。

夜像太阳和露水，每夜来到人们身旁，来到草的身上，站在大路两边。夜色为眼睛而不是手而存在，手摸不到夜的身体，夜在人的眼里像漆黑的金丝绒，像山峦，像典雅的雾。

月亮从东山俯瞰山路，夜藏在鹅卵石和树干的背后。夜没有影子。烟囱和院墙的影子是月亮的随从。无月之夜，夜把丝线缠在每一根树枝上，让黄花和蓝花看上去像一朵朵灰白的花，让人感到狗看东西的局限——狗的视网膜感知不到彩色。夜站在山坡，跟松树并排站立，看公路睡眠的表情。

夜没在河里，夜进入不了水。夜看见无数大河在峡谷奔跑，像一条条宽阔的道路，且平坦。河水没被夜色染黑，不像草和树，它们每一夜都穿上夜送来的睡衣。

　　喜欢夜的不光是小偷，还有猫和猫头鹰。猫在夜里走路舒服，毫不费力地上房和上树。夜对猫头鹰来说是巨大的游泳池，被染成黑色的空气是池里的水。猫头鹰每夜游过十几个街道，体验有氧运动。

　　有几次，我后半夜在大街上走，遇到了更多的夜。它们站在有玻璃幕墙的大厦的边上，趴在没竣工的楼房窗台上向外望。被月光漂白的草坪下面，潜伏着夜的碎末。我在马路中央的双黄线上行走，谁都没走过。我大声唱歌并朗诵，没人阻止你，路灯躬身聆听。我说——夜！听上去像是——耶！再说一遍夜还像耶。在这么好的夜里人们为什么执迷不悟，钻进被窝里睡觉呢？

　　昨晚，夜来自一个未知的地方。那个地方如此之大，可以装下密密麻麻的夜。黎明前，夜悄无声息地撤离，干脆利落，没给白天留下哪怕一小片条缕。它们撤退以吸铁石的方法集结，所有的夜被吸入一个折叠的口袋。

　　夜站在屋顶，像一层庄稼，风吹不散，它们认得每一片瓦。夜在瓦的下面作上记号，第二天看一下有没有虫子爬过。

　　钻入屋子里的夜安静，能忍受鼾声和难闻的酸菜味，它们在床上、桌上随便睡下，熟悉人的气息。外面的夜高大，监管着每一颗星星的位置，校正星座与地面的数据。

　　夜在哪里休息？绵绵不断的夜趴在花朵下面和向日葵脸盘子上打盹。夜走过昼的日光走过的所有路。夜知道所谓人生历史与时间的背面都贴着一个标签，上面写着"夜"。夜比昼更享有恒久。

银河的手臂

从小到大，看周围，没改变的只有天上的星星。

它们没少也没多，这是我的猜想。我小时候不止一次数星星，但没有一次成功。星星像倒扣的扎满了窟窿的水桶，射入桶外的光亮。星星像深蓝海滩晾晒的珍珠，风干后发出贝壳的石灰质的淡光。星星是天外不知疲倦的守夜人，记录着地球的转速。星星假如少了——比我出生的时候少了两颗——也没人发现、更没人痛心，追查或在网上搜索。所以我无须什么证据就可以说星星没变化，星星一颗都没有少，没被拆迁以及列入GDP。星星像夜的森林中的无数野猫的眼睛窥视人间。

我看到星星会想到童年。我觉得童年的星星大而亮，离人间比较近，我甚至想说出那时的星星也处于童年。为了不让人笑话，这话还是不说的好。我童年的地方有两山、一河，三层的楼房有三座，最繁华的莫过于满天星斗。那时有人逗我，说天下只有赤峰有星星，其他地方的夜如铁锅一般沉闷。这人还说那些下火车、下汽车的人，就是从外地来看星星的人。我听了真是自豪，以为星星是赤峰夜空结出的果实，像杏树结香白杏、桃树结水蜜桃一样。我从赤峰七小放学经过长途汽车站，见下站的人——他们东张西望，灵魂像被售票员收走了；牧区的人冬天穿着沉重的皮袄，脚蹬毡靴；有人拄着拐棍。我见到他们心领神会：唔，又是来看星星的。夜晚看星星的时候，我在心里分享外地人特别是牧区人看星星的喜悦。

小时候，我家络绎不绝地经过各路亲戚，他们到我家，然后去北京或呼和浩特，还有人奇怪地前往集宁；或者从北京、呼和浩特、集宁到我家休息一段儿，回他们自个儿家。一次，我大着胆子问一位亲戚：你上这儿来是看星星的吗？他竟想了很长时间，说是的。我又问，那你去呼和浩特看什么呢？他说看病。

天没亮，我和我爸我妈乘火车去甘旗卡，马路上所有的路灯都照着我们三个人。我爸的咳嗽像是问候路灯——它们在寒冷的夜里没结霜花，空气中带着冬天才有的铁锈味。星星挤在南山的背后，说它们潜伏在山后也没什么大毛病。南山戴雪，黑的沟壑如马的肋条。在新立屯我们吃了马肉饺子，我爸知道后很生气，我觉得味酸。

星星从克什克腾旗、巴林左旗和右旗那边飘进英金河的水面上，我趴在南岸，从草叶的缝隙往河里看——星星在洗澡、在悠游、在串门，而一颗空中落下的鸟粪吓跑了河里所有的星星。

我今天仰望星空的时候，关于星辰的知识一点儿没增加，而星星既没多也没少。观星使人感觉自己是近视眼，看不清它们，而它们又确凿地存在着。星星没有老，是人老了。星星没被氧化，它们身上没有自由基，不会脱发与肾亏，更不会得结肠炎或酒精肝。说到底，谁也不知道星星是什么，约略听说它们是发光的飘浮在太空的石头，这只是听说。人到老，对星星的了解也就是这些。印裔物理学家钱德拉塞卡比我们知道得多一些，说星星也会变瘦、变矮。当我们听说我们眼里的星光是千万年前射过来的之后，不知道应该兴奋还是沮丧，能看到千万年的星星算一种幸运吧？而星星今天射出的光，千万年后的人类——假如还有人类的话——蝾螈、银杏、三叶草或蕨类才会看到。如此说，等待星光竟是一件最漫长的事情。

群星疏朗，它们身后的银河如一只宽长的手臂，保护它们免于坠入无尽的虚空。

第二辑　大地

每个人理应赞美一次大地

每个人理应赞美一次大地,那是他们最终要去的地方。

但我们好像要想一想才想起什么是大地。它不是水泥地(水泥是大地的禁锢),不是楼房(楼房并不是土地长出来的东西,而是政府与商人合造的商品)。大地也不是街道(地在街道底下)。大地是长庄稼的地吗?

长庄稼的地叫耕地,它是大地的一小部分,可以养人,古人称为田。大地并没少,耕地却越来越少,人类开始在耕地上盖楼,吃饭的问题以后再说。大地上有村庄吗?有,但这是过去。过去,村庄生长在大地上,长在河边,像大地上结的一个葫芦。现在村庄已经荒芜。如果村庄可以衰老,如今它们正在衰老。农人的门锁了好多年,院墙圮废。村庄的主人去城里打工,村庄由于缺少人气而老态毕现。没有鸡鸣犬吠的村庄老得最快。而另一些村庄是被活生生消灭的,政府让乡民进城住楼,把他们腾出的村庄下面的土地变成工业用地和商业用地,总称"发展"。在没有露水、鲜花、青草和小猫小狗的地方总有一样东西旋转,这东西说不出名字,只好管它叫"发展"。

大地还在——其实人说出"大地还在"这话是可笑的,大地不在谁在?但有时找不到它。想念大地时会想到遥远的地方,比如新疆和青海,似乎那里才有大地。或者在电脑的搜索引擎上录入"田园""庄稼""湿地""保护区"这些词语,收看大地的图片,在上面看到野花和绿草,顶算见到了大地。假设我们在城里看不到大地——楼房和水泥地面屏蔽了大地的表面——郊外应该是离大地最近的地方。去了之后,见到了什么?

郊外还在,大地又不在了。我去过的许多城市的郊外堆满了垃圾,可叫垃区或圾区而非郊区。人太能生产垃圾了,城市镶着一条垃圾的项链,城边的垃圾山中间是失地农民住的出租房,所谓大地被压在这些垃圾下面。一些没有垃圾的城市郊区也看不到大地,人们造出一条假的河流,水泥衬底,用水泵抽水吸水。这是像假唱一样的假河,两岸栽种鲜花绿树,但这不是大地的样子,它们不自然因而不属于大自然。

我庆幸我见过大地,比如今的儿童幸运。大地有田但不全是田亩,有荒野、沙砾与河流,野草、树木、动物和昆虫是大地最早的居民。落日好像点燃了一万个柴火垛,月光洒在铺着细沙的河滩,风里有柳树的苦味、河水的腥味、野兔粪便和狐狸的臊味。大地上野花盛开,颜色淡,好像鲜艳会惊扰大自然的庄严。大地无所谓好不好,对草木动物而言,从来没有不好。虽然大地冷冻,动物们缺少食物,但这不是大地不好的理由。大自然不追求公平华美,它的规律是自然而然,此中有和谐。大地从来没想过它会成为最大的商品,成为被排污、被盖楼房的地方。大地原来是人的墓地,如今它是它自己的墓地。

赞美大地,它包容一切又生长一切,不排斥一切好人坏人在此生活并死去,大地有办法降解一切废物并把它们变成万物更生的养料,给每一样东西赋予新意。人与动物的遗体被处理干净变成青草和土壤里的微尘。大地松软，人们虽然看不清大地的脸，但一年四季它有不同的表情。春天，草木开花分明是大地笑了。月光下，大地静谧如霜，这是大地入睡的表情。

  人们爱说"走什么样的路，到哪里去"等等，其实最终都要走向大地，这是所有人无法回避的前程，但常常叫作归宿。那么，为什么不事先关注一下大地、赞美这最后的归宿之地呢？大地辽阔，冬去春来。尽管大地之上有丑陋的建筑，但大地时时都在我们脚下，这件事毫无疑问。能够让花开放的是大地，让人得到最后安宁的也是大地。大地超出人的视野，它的身影如同落日的黄金射线。

告别桑园

搬家之后,我也离开了桑园。

桑园是我对它的称谓,市政府并没有命名,石上刻着"青年园"。这一片绿荫当中曾有一棵桑树。我见过桑葚,由绿变红,像鱼子一样饱满地挤在一起。我就管它叫桑园。

树木是城里找不到的好朋友。它们多么宽容。我为什么使用"宽容"这个词?因为它们始终接纳我,似乎还知道我写短文称颂着它们,曰"桑园"。

有许多次,我幼稚地——幼稚的意思是扭捏——想和桑园做一次道别,却不知怎么做。它们,依然缄默、沉郁、凡俗,让人有话说不出来,应该说"人尤如此,树何以堪"。仿佛树比我们还能担待:就走吧,没啥。

即使闭上眼睛,我也能说出桑园每一棵树的位置,说出树种和它身边常有的垃圾。桑园一共有五棵松树,包括练功之人为挂衣服而钉铁钉的两棵松树,有迎春花、洋荆木、碧桃树、杏树和被遛狗的人踩得狗屁不是的洋草坪。

  有一天,我走过那条街,误入桑园,沿着回廊走。之前瑞雪先降,树们苒苒耸立,顶戴白雪之冠,于清明的夜色中楚楚生动。我说,多像仙境啊,并企图和每一株树拉拉手——大干部和僚属见面时,常自然而然拉拉手。树于深夜的静默,让人无法轻浮。它们——我说的是树,此刻收住了心跳脉搏,把呼吸也屏回,只和天地交流。我和吾妻说,多像仙境啊,树们站立黝然,邪不可干。它们个个戴着棉花的白绒帽,雍容整肃,仿佛让我们惭愧。我们惭愧吗?只是离开了桑园。我还没准备好和新的邻居做朋友,在邻居身上发现美。但桑园难忘啊,没有置酒,也没有各式的仪式,说离开就离开了。

  当我再去桑园的时候,已觉察出异己感。树哪儿也不走,人已搬迁。别指望它们谅解,植物比人还爱赌气,不理就不理吧,我只好偷偷地怀念。

沙漠里的流水

沙漠如山丘一般有峰有谷、有沙坡和悬崖,全是沙。站在沙的悬崖上,人可以往下跳,甚至头朝下鱼跃冲下,身体毫发无伤。沙子比人的身体还软,用它的软接住你,缓冲力量,人跳了悬崖之后还是人。人摔在比身体坚硬的物体上,身体进而物体不进,人落沙子上是沙进,人还是完人。仔细看,沙粒实为坚硬的半透明的晶石,不规则的晶石之间的空气与间隙,缓解了力。

行走在沙漠的峰峦,像走在鲤鱼的脊背上。沙漠顶峰有一道曲折鲜明的分界线,如同阴阳面。风把沙曲折地堆在顶端,沙子显出金黄的着光面和阴影。站在沙峰上看,左右峰峦线条柔和,没有树,一只鸟飞过,在沙漠上拖下鸡蛋大的阴影。在沙漠待着,耳朵有点闷,如飞机落地前那种闷,耳朵不适应太静。在有泉鸟的山里,人感寂静,耳底实有泉流和鸟鸣的低回,只是人注意不到。沙漠真是空寂,什么声音都没有,耳朵反而嗡嗡响。静,原本以喧闹为根基。不喧闹耳朵自己闹,它变成自鸣钟。

沙峰的谷底有一条溪流，边上一溜金红色的柳条，流水在柳条的生长路线断断续续露出身影。

沙漠里有流水？这好像是大自然撒的一个谎。走到水边，用手捧起水，清亮，凉，才知道水的真实。沙漠里怎么会存水呢？所有的水不都会在沙漠上迅速漏下去吗？这里怎么会有流水呢？河床用坚硬的淤泥和石头兜住了流水，沙子能吗？我用手掏溪流的底部，仍然是沙子，但坚硬。我觉得不能再掏了，再掏就漏了。

水在沙漠上比金子还贵重。柳树用枝条隐蔽水的身影，如果不遮挡，会有人上这儿偷水吗？这些水以微微颤动代替流淌，一尺多宽，有的地方只剩两指宽。水的底部铺着大沙粒，还有躺直的草。

我顺着河走，踩坍的沙子堵住一些水流，如破坏者。再走，这道水钻进地下没了。怎么会没了呢？我以掌做挖掘机，掏出一堆湿润的沙子，却不见水流。或者说，水流着，一头栽进了地心。它到地心去干什么？好像不符合流水的常态。水惯于地表流淌，并不会突然失踪。

在谷底走，约走五十米，水抬头冒出地面。地面又长出零零星星的柳条。宋代有歌谣：凡有井水处皆咏柳词，柳乃柳永柳三变。此话在这里可改为：凡有柳条处皆涌流水，水乃沙漠流水地下水。

我觉得它们不是一般的水。对，它们肯定不是平凡的水。庸常之水在这里早漏下去了，怎么可能往前流呢？我捧水尝尝，还是水味，没尝出河味；再尝，有一点柳树的苦味。喝过此水，必也延年矣。可是，刚才断流入地的水，为何会挑头冒上来呢？似乎不合引力定律的约束。对大自然，人不明白的事太多了。

我跟着流水走，又见到惊喜。在一巴掌宽的溪流中，游着两条小鱼，火柴那么长。小鱼像沙子那样黄，半透明，露着骨骼，但没刺。鱼甩一下尾巴动一下，眼睛是两个黑点。除了飞过的那只鸟，小鱼是沙漠里唯一的生物。当然我也是生物，眼睛比鱼眼大，不会飞。我把小鱼团到手心,像个坏人那样想:它长到餐桌上的红烧鱼那么大要多长时间?把鱼放回水里,另一条急忙趋近它,像询问它受伤没有。

  沙漠有水流过,像大自然的谎言。大自然偶现诡异,但不撒谎。它让沙漠里有水,有鱼和柳树,这是一个生态系统。再往前走,我见到了壁虎似的蜥蜴。再往前,水面宽了,游着不一样的鱼,水边出现几朵野花,有一只野蜂飞过,一条蜥蜴跳进水里……

石屋是山峰的羊群

　　山巅的夜色比平地薄，也许离星星近，夜被银河的光稀释了。脚下的石板仍清晰，缝隙像墨勾的线。树上的柿子深灰色，灌木如国画堆起来的焦墨，石板路留白，斜着通往上面的屋舍。太行山白天黑夜都像水墨。阳光下，危崖千丈是皴法，大笔皴出石壁和悬松。入夜，山村如晕染，纸上留了更多的水分。石屋石墙的棱角显出柔和的轮廓，这是淡墨一遍一遍染的，树用焦墨拉一下就可以了。我在下石壕村转悠时脑子想这些话，好像我是个画家。然而我不懂绘画，借国画技法状眼前所见，说个意思。

　　夜空上，星星大又亮，一部分星星被山峰挡住。走几步路，星星从山后冒出来，它们好像在旋转。这么大的星星如白锡做的铃铛，本该挂在天马脖子上，如今藏在了太行山的身后。我暗想，即使最小的一个星星掉下来，落在山上，也会叮叮当当响一晚上。

　　坐在木墩远望，天黑什么都看不清了。山峦刚才在红和蓝的天幕下凸现轮廓，眼下色彩尽了，山退隐。仅存一点光线时，雾（实为云海）从山谷汹涌地挤过来，挤进村显得薄了，赶不上蒸馒头大锅的白气密集。雾待一会儿跑了，可能嫌村里太静。村里的石屋构造朴拙，一排房子在山的衬托下显得小，只是人手堆起的一处居所，山是老人。石屋如同山峰放牧的一群白羊。

村民从我身边走过去，去村口的大石亭。石亭能装十桌人吃饭，四面见山，亮着红灯笼。山村静久了，多亮一盏灯、多一个人大声说话，就添了热闹，何况石亭亮起十几盏灯笼，红纱官灯。从身边走过的是妇女和老人，这个村和中国所有村庄一样失去了年轻人，他们离开土地去了水泥地，遭长途颠簸和出租房的罪，赚现金。中国没那么多耕地让他们耕种。灯光下，妇女和老人站在家门口向外张望，越显出房屋院落的寥落。村里大部分儿童去山下学校读书。东奔西跑的精灵不在家，村里更静了。石亭的红灯笼一亮，村民的心活了，都来看热闹。

夜色浓重，看山不是山，是深浅不同的墨色。头上一条小路是石片垒起的，七八米高，石片中间钻出树，直径超过50公分，拐弯向上长。有的人家窗下横挂着木梯，这里家家离不开梯子，不是上山是上房，晒柿子、花椒和玉米。木梯子被风吹雨打变成白色。墙上标语隐约可辨，有一条是"生女也是接班人"，另外一条"女儿也传种"。这两条标语说的都对，尤其后一条。人种都从女人那里传过来的，没别的途径。

"呜哇哇——"音乐响起来，自石亭那边。这个音乐是CD放的，类似大型文艺晚会的开始曲。我想下面该出主持人了。果然，一个女声用央视春晚的声调说："各位领导、各位来客、女士们、先生们，大家晚上好！"

我一边往那边赶，一边在心里给她续下边的词："中央电视台平顺分台下石壕支台春节晚会现在开始！首先宣读海外华人和驻外使领馆的贺电……"但大喇叭里的女孩子说的是另一番话："九月太行，是丰收的季节，苍山披翠，大地金黄……"很有文采嘛。我趋近石亭，见亭里坐几桌游客，服务员化舞台妆、穿性感纱裙往上端煮鸡蛋、烤马铃薯、炖鸡和柚子大的白面馒头。端烤马铃薯还用化戏妆吗？服务员眼角画进鬓里，如花旦一般。后来知道，她们是演员，兼服务员。

主持晚会的姑娘个子不高，没化妆，像城里人。她流畅地把太行山的人文地理介绍了一遍，宣布演出开始。服务员如仙女般手转扇子跳起舞来，伴奏带是央视经常放的大歌。仙女跳完，主持人又把吃的东西介绍一遍，是一些在其他地方吃不到的山货，诸如鹅卵石炒鸡蛋、清蒸南瓜苗、酱拌花椒嫩芽。仙女们换了另一身衣服，再跳舞。刚才是水红色短衣短褂跳扇子舞；现在是白裙搭青罗条，跳贵妃舞。主持人再上来，说："哪位嘉宾唱歌？"一位游客大咧咧上来，用闽南话唱《爱拼才会赢》和普通话的《天路》。仙女们换个打扮，唱上党梆子。

这家伙，小山村热闹啦，音响师用最大音量放音，唯恐群山听不到。村民们都来了，安静地站在石亭下面观看。他们全神贯注，表情十分满意。这时候你就知道文艺的重要，它是心灵上的银铃铛，有人摇一摇，心里才满意。演出很快结束了（节目少），音箱发出深情的《难忘今宵》。主持人用央视的口风说："难忘今宵，难忘太行，星光为我们指路，友谊是最美的琼浆。"音箱转放苏格兰民歌——《友谊地久天长》。

村民对主持人的文雅词语很满意，有人说话他们就满意，都是吉利话。苏格兰乐曲在太行山巅回荡，我问主持人是哪里人、演员来自何方，主持人告诉我，她是大学生村官，担任村主任，服务员和演员都是这里的大学生村官。这些女孩子来自长治、潞城、太原，她们在这里服务几年，可以留下，也可以考公务员，给加分。她们有警校生、矿院生和师范生。问年龄都是十九、二十岁，刚刚来这里。我才来，已觉得雄浑的大山需要她们的漂亮衣服和容貌，这些活泼的小村官让太行山感受到了青春的感染力。

第三辑　河流

布尔津河,你为什么要流走呢?

布尔津河像一张长方形的餐桌,碧绿色的台面等待摆上水果和面包的篮子。河水在岸边有一点小小的波纹,好像桌布的皱纹。

我坐在山坡上看这只餐桌,它陷在青草里,因此看不见桌子腿。这么长的餐桌,应该安装几百条腿或更多结实的橡木和花楸木腿。小鸟从餐桌上直着飞过去,检查餐桌摆没摆酒杯和筷子。其实不用摆筷子,折一段岸边的红柳就是筷子。现在是五月末,红柳开满密密的小红花,它们的花瓣比蚊子的翅膀还要小。这么小的花瓣好像没打算凋落,像不愿出嫁的女儿赖在家里。红柳的花瓣真的可以在枝上待很久,没有古人所说的飘零景象。

来会餐的鸟儿一拨儿一拨儿飞过了许多拨儿,它们什么也没吃到,失望地飞走了。有的鸟干脆一头扎进桌子里面,冒出头时,尖尖的喙已叼着一条银鱼。这就是河流的秘密,吃的东西藏在桌子底下。

青草和红柳合伙把布尔津河藏在自己怀里,从外表看,它不过是一只没摆食物的餐桌。为了防止人或动物偷走这条河,红柳背后还站着白桦树。白桦树的作用是遮挡窥视者的视线。青草、红柳和白桦树每次看到藏在这里的布尔津河干净又丰满,心里就高兴,它们竟可以藏起一条河。但它们没想到,布尔津河一直偷偷往西流。表面看,河水一点没减少,仍像青玉台面的长餐桌,但水流早从河床里面跑了。假如有一天青草知道了布尔津河竟然一直在偷偷流,它一定不明白河水要流到什么地方去,还有比喀纳斯更好的地方吗?

青草喜欢这里,它不愿意迁徙的理由是河谷的风湿润,青草在风中就可以洗脸。青草身上的条纹每天都洗得比花格衬衣还好看。这里花多,金莲花开起来像蒺藜一样密集。这一拨儿花开尽,有另一拨儿花开。到六月,野芍药开花,拳头大的鲜艳的野芍药花开遍大地,青草天天生活在花园里。可是,布尔津河你为什么要流走呢?

现在野芍药打骨朵了,像裂开的绿葡萄露出山楂的果肉。我用手捏了捏,花蕾的肉很结实,一颗手指肚大的花蕾能开出碗大的花。我想把山坡的野芍药的花骨朵全都捏一遍,好像说我手里捧过百万玫瑰(为了你,我舍得百万玫瑰——这是我昨天听华俄后裔张瓦西里唱的俄罗斯民歌),但我怎么捏得过来呢?把花捏得不开放怎么办?草地、悬崖上都有野芍药花。开在白桦树脚下的野芍药花一定最动人,它像一个人从泥土里为白桦树献花。

白桦树,你怎么看都像女的,就像松树怎么看都像男的一样。白桦的小碎叶子如一簇簇黄花,仔细看,这些黄花原来是带明黄色调的小绿叶子。能想象,它在阿勒泰的蓝天下有多么美,而它的树身如少女或修士身上的白纱。当晨雾包裹大地又散开后,你觉得白桦树收留了白雾。我甚至愚蠢地摸了摸树干,看了看自己的手指肚,又用舌头舔了舔——没沾雾,白桦树就这么白。既然这样,布尔津河你为什么还要流走呢?

有一天,我爬上了对面的山。草和石头上都是露水,非常滑,但我没摔倒。我的鞋是很好的登山靴,它根本没瞧得起这些草和石头上的露水。登上山顶,看到了我住的地方的真实样子。木头房子离河边不远,像狗窝似的。黑黑的云杉树如披斗篷的剑客,从山上三三两两走下来。更黑的那块草地并不是一片云杉长在了一起,那是云朵落在草地上的影子。

布尔津河在视野里窄了,像一条白毛巾铺在山脚下,也有毛巾上摆着圆圆的小奶球,有一些奶球连在了一起。它们是云朵,这是蒙古山神的早餐。云,原来还可以吃的,这事第一次听说。山神那么大的食量,不吃云就要吃牛羊了,一早晨吃一群羊,还是吃云吧。雾从河上散开,一朵一朵的云摆在河上,山从雾里露出半个身子,准备伸手抓云吃。昨晚下过雨,木制的牛栏和房子像柠檬一样黄。不一会儿,天空有鹰飞过,合拢翅膀落在草地上,想要抓自己的影子。野芍药下个月就开花了,山神早上在吃云朵,偷偷流走的布尔津河把这些事情告诉给了远方的湖泊。

河对岸的星群

阿荣旗境内河流多,眼前这条是阿伦河。夜色下,岸边茂密的树林像披着黑色斗篷的巨人睡着了,阿伦河水猫腰从他们鼻子底下流过。夜色如毯子盖在河岸的草地上,盖住了不知多少野花。

早上,我来到河边的时候,草地被野花占领了。天刚亮,野花已精神抖擞地站在那里,披一身露水,好像一宿没合眼,等一个盛典。太阳每天升起来都是盛典,新鲜光亮,野花知道,人不知道。花朵以细细的身子支着陈鲁豫那么大的脑袋,它们的面庞比人类肉质的脸更纯洁。花的面孔不讲五官,讲瓣。三瓣、四瓣、五瓣的花脸都比肉好看,像能旋转。花的表情只有一种:笑。花朵除了在雨里哭泣之外,其余的时光都在笑,笑弯了腰。真不明白花到底在笑什么。晨光射入草地,被雾阻挡,景象朦胧。花朵从斜坡的草地上跑向河边,仿佛去梳洗。蓝的花、白的花、黄的花高出青草,凝视河面微颤的波光。河水在早上蜿蜒流远,天边的山峦不是青山,而是玫瑰山。树尖在白雾里冒一点头,如波涛里的礁石。大地苏醒了,四处沾满湿漉漉的露水。

眼下是夜里 10 点钟，阿伦河发出白天听不到的响声，似咕噜噜滚东西，又像嘻嘻哈哈偷笑。山峦和树丛被夜藏进包裹里，活动的物体只有河流。河如不流，水面嵌满星星。星星趴在水面的时候特别怕被打扰，一片被风吹落的树叶或鱼儿翻身都会拆碎星星。水流淌，星星在水里被捣成了星星酱，波浪上隐约只剩一层白光。

这时，对岸燃起篝火，火光照亮了一棵老树。它必定是榆树，鄂温克人和满族人都崇拜榆树，老榆通灵。不一会儿，鄂温克人围拢老榆树跳舞，歌声隐隐约约地传过来。头几天，我们在那吉镇参加广场篝火晚会，转圈跳舞的有好几百人。鄂温克人单纯，无论老幼，都如纯洁的儿童，他们尊崇大自然，信仰舍卧克神、铁神和奥卓尔神。他们在篝火上扔一些马鹿和犴的油脂，冒出的香味会让舍卧克神高兴。萨满法师敲鼓，舍卧克神也高兴。猎人们趁舍卧克神高兴，把灰松鼠——最好是尾巴带白尖的灰松鼠皮——在火上抖几抖，神会赏赐给他们更多的松鼠。

歌声越来越大，夹杂着鼓声。篝火边上跳舞的鄂温克人的蒙古袍被火光映照得十分鲜艳。我沿着河往那边走，走了几百步，被柳树挡住路。鄂温克人脸庞清晰，被火照成红铜色，舍卧克神看到会更高兴。河流在我眼前静止不流，也许停下脚步看歌舞，也许水深无澜。大颗的星星浮在河面，仿佛来自对岸。星星优雅地泡在水里，我替他们说：凉快，太凉快了！星群当中应该有大熊星座。鄂温克人敬畏熊，他们管公熊叫爷爷，管母熊叫奶奶。现在，大熊星座的爷爷奶奶们在河里洗澡，鄂温克人在篝火边上跳舞，河水一动不动，灰松鼠在树林里偷窥，把白尖尾巴藏在树叶里。

黑河白水

北地,当白雪覆盖河岸的时候,黑色的河流缓缓流过。这么冷了,我不知道它为什么不结冻,袅袅升腾白雾。这的确是一条黑河,凝重而坚定地前进,虽然并不宽也不激壮。在冰雪世界,任何有动感的事物都令人感动,况且是一条河流。

这样一条黑水流淌着,在白雪的挟裹下充满苍郁,让观看的人心软了,坐下来叹息。

而所谓"白水",也难见。德富芦花称:"日暮水白,两岸昏黑。秋虫夹河齐鸣时有鲻鱼高跳,画出银白水纹。"水白不易见,水清与水浑则常见。对"水白"之景,我曾困惑过,后来在回忆中想起来了。的确是在"两岸昏黑"之时,天几乎黑透了,穹庐却还透散澄明的天光,无月之夜,星斗密密甫出,河岸的树林与草丛织入昏瞑里,罩着虫鸣。这时,河水漂白如练,柔漾而来。在远处看,倘站在山头,眼里分明是一条曲折的白水。

雪中的黑河像一群戴镣的囚徒,水流迟滞,对天对地均含悲愤。

像弦乐低音部演奏《出埃及记》。雪花穿梭而落，却降不进河里。人不禁要皱着眉思索，漫天皆白之中，这条黑河要流到什么地方去呢？这是在初冬，雪下得早。若是数九之后，此地所有的河流都封冻了。

观白水，如静听中国的古琴，曲目如《广陵散》。在星夜密树间，白水空蒙机灵，如同私奔的快乐的女人。白水上难见波纹，因为光暗的缘故。这时，倘掷石入水，波纹扩充，似乎很合适。在此夜，宜思乡，宜检旧事，宜揣测种种放浪经历。如同站在缓重的黑河前，应有报仇雪恨之想。

黑河与白水，我是在故乡赤峰见到的。他乡非无，而在我却失去了徜徉村野的际遇。人生真是短了，平生能看到几次黑河与白水呢？虽然这只是一条普通的河上的景色。

激流河

六月下旬，草原是一块从黑土里露出的碧玉。这块玉被雨水冲洗得干干净净，方圆几百里。

我在碧玉上行走，如同蚂蚁慢慢爬过草原。碧玉上鲜花开放。六月的呼伦贝尔，开放最多的是两种花。一是大朵的野芍药花，像千万只白蝴蝶落在修长的绿草上。另外一种我叫不上名字，是小黄花。黄花虽小，却浩荡地开到天边。从额尔古纳进入根河的路边，小花改变了草原的颜色，比油菜花淡一些，花海连到了云际。

碧玉上生长着落叶松和白桦树。这里四处可见到松树。车开出千八百里，车窗两边还有松树。呼伦贝尔草原高贵的气质在松树身上体现无遗。松树的芳香浸润着呼伦贝尔的土地与河流，它的气息与在别处不一样。一千里玉米、一千里麦子、一千里柳林和一千里松树划分出不一样的土地和心地。而白桦点染着呼伦贝尔的女性气息，让人看到她的秀美。莽莽苍苍的大兴安岭有白桦的点缀，像魁梧的巴尔虎男人腰上彩色的烟荷包飘带，小处衬托大美。

草原碧玉最美的衣衫是河流，它抱着草原，似蒙古袍的腰带。海拉尔河、根河、额尔古纳河是千回百转的绸带，白天是蓝色，夜晚是白色。它流到哪儿，把鸟儿带到哪儿，白净的脸上带着笑容，环绕千里。

激流河是根河的支流。世上并没有所谓的根河。呼伦贝尔有一条葛根高勒河，蒙古语，意思是佛爷河。河的名字到了汉人嘴里变成"根河"，是简称也是牵强附会。这一次我们游历根河市，处处可以见到激流河的身影，它如同一个侦探，查验我们的行踪。这是多么美妙的侦探，带着野花和蝴蝶，以清楚的眼波张望。

从桥上看，激流河水是黑色的，流在琥珀色的河床里。来到水前，河水透明，所谓黑色是两岸森林的倒影。鹅卵石和沙子的颜色晶黄，为河流铺上一层兽皮褥子。

河流不愿意被人从桥上观望，那是上帝和飞鸟看河的视角。人偶尔上桥望河，只是一瞥。人更多在大地上、树林里、草原和公路边上望到河流的身影。今天早上，草原没有一丝雾，光线如水一样透明。白桦树四五株一墩，它们长得很高很细，只在树梢伸展一些叶子。白桦树在我眼里全是树干，白得耀眼，身上仿佛涂满了石灰。激流河在树的后面露出波光。河水从树干的间隙反射阳光，是一片微颤的、动荡的光影，在白桦树身后穿行。这时候，激流河一点不宽广，像一个藏在树后的姑娘。

契诃夫考察萨哈林岛，在给朋友的信中写道："寒冷的河流穿过西伯利亚的冻土带，在绿荫中流淌的仍然是冰水。水即使如此寒冷，苔藓、白桦和松林在河流的滋润下生长得十分茂盛。"（《契诃夫书信选集》）激流河水寒彻入骨，在火热的夏季中午依然如此，抱西瓜放在河水里，过一会儿比雪糕还要凉。根河是中国最冷的地方之一，一年当中只在六七八三个月份不供暖，其余时间都要烧暖气。根河地下是永久冻土层,河水从山里的石缝里渗出,经苔原的草丛过滤,千万细流汇成激流河。我捧起河水喝,水未入喉,指骨已被寒流扎得生疼。喝完水,肚子好像有十八亩地的清凉。我心想,肚子知道这是激流河水吗?从石缝渗出、苔原过滤的水。我又喝了几口,边拍肚子边说"激流河",让胃肠加深记忆。一个人的肚子,如果有幸喝过清洁的河流的水,是个福气,就不会闹肚子了。我的胃肠吸收过额尔古纳河、西拉沐沦河、老哈河、贡嘎雪山下的雪水河、喀纳斯的禾木河、布尔津河的水流,还有西伯利亚的安哥拉河、贝加尔湖的水,它们环绕和浸润过蒙古高原和蒙古人的足迹。水在三分钟内经小肠排空进入血液,我抬手看了看手背的静脉血管,激流河水正在血管里行走,它是呼伦贝尔山河的一部分。血管里的一滴水带着比芯片更丰富的记忆,与身体里的基因重合。

根河地处大兴安岭林区,森林覆盖率达 80% 以上。根河的空气都被绿叶过滤了无数遍,耳边总有鸟儿啁啾。在树林里,闻鸟啼见不到鸟的踪影。它们藏身树叶里。草原上没有树,耳边也有鸟啼,但见不到它们的踪影,它们藏在哪一片低矮的草丛里?

激流河的两岸没有一寸荒芜的土地,这里还没有进驻开发商,大自然保留着原初的样子,鸟儿为这个歌唱不已。我仔细查看河水流过的两岸,有柳树,有野芍药。河流领着树和花奔跑,云朵在天空追赶。这就像一个人领着兄弟姐妹奔跑,身边都是亲人而不是开矿和开造纸厂的那些坏人。

夜的河

夜的河边，像听见许多人说话，含糊低语变成咕噜咕噜的喧哗。河在夜里话多，它见到石头、水草都要说说话，伸手拍打几下。漆黑的夜里，看不清河水，月色没给涟漪镶上银边。河水哗哗走，却见不到它们的腿。

站在岸边，你不相信前面有一条河，不知道是什么在流。星星太少，在天空聚不拢光，照不见河水窜行的脊背。鸟儿拉长声鸣啼，见不到它飞。

夜只是对人类视网膜的蒙蔽，却打开了动物的视窗。人与动物的视觉感光细胞不同，所谓"漆黑"的夜，在狼看来如蓝色的清晨，在猫看来，是蜜色的黄昏，万物清晰柔和，只有人和鸟类（猫头鹰除外）的眼睛被夜遮蔽了。上帝让人鸟在夜里失去视觉力，是收束了你的能力，让你歇息，让另外的种群开始生活。没想到，人类在爱迪生的带领下发明了电灯，在富兰克林的带领下发现了电并贮藏了电，诞生了不夜城，糖尿病、失眠症和高血压症也随之诞生。人类要为他们发明的每一样东西付出成本,一般说由后代为前辈付出成本,包括医疗费和性命。

河在夜里潜行,步伐越来越快。河无须看路,路在一切地方。水流不怕石头,不怕灌木和岸上的狼。水啥都不怕,它既分散又聚拢,谁都分不开水,水剩到最后一滴也抱成团。

乌云在天边垒出黑堡,在远方阻挡河流。世上没一件东西能挡住河,河曲折但不投降,河断流但不往回流。小河投身大河最终汇入海,水库和大坝都截不住河流。河水卑下,河水清澈或浑浊,河水浑身是土,却像青草一样繁盛,像民主高于城墙。夜的河漂过许多人的梦,河水用黑缎子把这些梦包起来送到远方。河水在夜里跟水草拉手、和夜鸟微笑,河在夜里看一切比白天更清楚。所谓阳光并不能照亮一切地方,它留下的阴影和它照亮的东西一样多。夜袒露所有地方,甲虫在灌木下面爬行,枯叶的背后藏着一只褐色的蝴蝶,鸟窝建在树顶。夜不想遮掩什么,夜也遮掩不了什么,夜比白天更广大。

河在一个时辰游出了乌云的地带,星光在头顶闪亮。晴朗的夜空是景泰蓝的花园,这么蓝,天空舍不得在蓝上镶嵌太多星星,只镶了百分之一,如同表盘的标记。这些蓝渐渐融化——夜色也会融化,天空在黎明泛白,是因为蓝融化于大地,主要化在海里——像蓝冰涣散,慢慢堆在河中间,包裹了许多星星。星星在夜的河里洗澡,周围的河水发送白光,后来变成了灯笼,鱼儿穿行。夜色在河里越积越多,让河水慢下来。夜的河驮着越来越淡的景泰蓝缓缓流淌,天快亮了。每到这个时候,河水都要在脖子上系一条玫瑰红的纱巾,再披一条金缎带。黎明跳进河里喧闹,天大亮,河水流得宁静如常。

眺望冰河

在冰河上走,像走在一条蜿蜒无际的哈达上。透明的、浅绿的、檀黑的冰带在正午阳光的照耀下,化成白茫茫的光带,晃得旅人把眼眯起来。

冰河是一条不大的河,名"金英河"。两岸的柳树和榆树已被伐光。树林原是伯劳、黄雀和朱顶红这些鸟儿的故里,现今河岸堆积着建楼房而掘出的沙堆和水泥管子。

正月出奇地暖和,冰河的表面融化了一层。若贴着河面眺望,水汽袅袅升腾,对岸的景物在白雾里扭动变形。在冰河的最薄处,结冰不过一指,看得出下面汩汩的黑而透明的河水。用鸡蛋大的河卵石抛去砸冰,凿成小孔,河水冒出一巴掌高。用更大的石块砸,冰面片片坍塌,碎碴漂在水面上互相撞击。顺着这条薄冰的水流走,得知这股水由城市的下水道井流出,因此不冻。而河本身沉默坚固地冻着,在一个悬瀑式坎儿处,看出冰层冻了一米多厚,像洁白光滑的钟乳石。把岩石似的冰凿下来盖房子,想必整个冬天也不会滩化。

冰河两岸是好看的沙坂，柔软浮光的沙粒已被北国的劲风吹得无踪影了。这儿的沙坂是坚固的，被风刮出松柏的纹理，如一波水纹凝固。从沙纹伸展的方式观察，风吹的方向一律由西北而来。

岸上的洼地倒伏着金黄的衰草，它们干透了，碰一下窸窣生响。我拿出火柴做一个烧荒的游戏。在明亮的阳光下，火焰似乎透明无色，其边缘在风势中挣扎扑腾。火像早就饥饿于草了，一瞬，草叶消失变黑。在火势大的时候，见出红与黑的密不可分，红的火一舔，一切都黑了。燃烧原是一幕高雅的典礼。

雪白的冰河曲折来去，虽然是凝固的，但河岸曲线依然，还保留着奔流的样子。

冰河并不惧惮阳光，它只浅浅地融化了表面的一层，仿佛给太阳一点承诺。内里依然冻得坚实，人行走不妨，拖拉机开过也不妨。

河流里没有一滴多余的水

从质地上说,花瓣是什么?它比绸子还柔软,像水一样娇嫩。雨后的山坡上,如果看到一朵花,像见到一个刚睡醒的婴儿,像门口站着一个被雨淋湿的小姑娘。花瓣的质地,用语言形容不出来。而它鲜艳,我们只好说它像花朵一样鲜艳。无论是小黄花、小白花都纯洁鲜艳。花能从一株卑微的草里生长出来,人却不能,连描述一下的能力都缺乏。

从性格说,马比人勇敢,而性情比人温和。马赴战场厮杀,爆炸轰鸣不会让它停下来,见了血也不躲闪。冰雪、高山和河流都不会阻挡马的脚步。它的眼睛晶莹,看着远方。把勇敢与温良结合一体,在人当中,可谓君子;在动物中,是马。我哥哥朝克巴特尔贫穷,却买了一匹良种马欣赏。他不让马拉车干活,也不骑。每天早上,朝克拎一桶清凉的井水,用棕刷子刷马,然后蹲下,咧着嘴对马笑。如果马吃糖,他一定给马买糖;如果马看电影,他会拉着马上城里看大片。朝克对马的感情,和城里人养宠物不一样,马是哥们儿,是朝克的偶像。

马在天地间吃草漫游，用不着管马叫儿子，搂着睡觉。马影响爱马人的性情，使之"温而厉"。

从流动说，河水心里一定有巨大的喜悦，而后奔流不息。大河流动时的庄严，让人肃然起敬。它非在逃离，是前进。只有贝多芬的音乐能描述河流的节奏、力量和典雅。贝多芬的交响曲没有多余的音符，也没有乐器单独演奏，一切共进。而河流里也没有一滴多余的水，每滴水和其他的水密不可分，一起往前跑。河是巨大的家园，鱼在河里享受着比人更幸福的生活。夜晚，河流兜揽所有的星辰，边晃边亮。

从胸怀看，鸟比人更有理想。当迁徙的候鸟飞越喜马拉雅山的时候，雪崩不会让它惊慌。鸟在夜晚飞越大海，如果没有岛屿让它歇脚，它不让自己疲倦，一直飞。它不过是小小的生灵，却有无上的勇气。

人的勇气、包容、纯洁和善良，本来是与生俱来的。在漫长的生活中，有一些丢失了，有一些被关在心底。把它们找回来，让它们长大，人生其实没什么艰难，每一寸光阴都有用。

河流没有影子

白桦树和黑榆树有同样黑色的影子。我把两只粉色的牵牛花扣在眼睛上,看东西一律是粉红,但它们也有影子,像酒盅一样。

鸟的影子难得一见,它的影子从房檐掠过去,像窜过一条蛇。它的影子在飞翔中消逝得那么快,那也是影子。

云的衣衫有一些透明,因而它的影子如同树林的荫凉。站在山顶上看云的影子,大的占几亩地。这么大的云彩的影子笨拙地移动,好像要搬走地上的庄稼,搬不走,它自己便慢慢走了。

让每一样东西拖着黑色的影子是太阳的意思,喻示一切事物终将消失,除非它没有影子。

只有河水没有影子,因为它透明。水可蒸发为云,可渗地成河,水可无限分割又瞬间接合。水的影子是冰雪,而冰雪消融又回归于水。只有水不死。

在早上的光线里,螳螂的影子被放大好几倍,像是钢铁制造的侠士。它正在欣赏自己的影子,它没想到自己的爪牙一夜长到这么大,更适合穷兵黩武。在江南，比一丛乱竹更潇洒的是一窗竹影。郑板桥说，他的竹是对着粉壁墙竹影描下来的。郑画的竹子笔墨平平，妖气重，和他做派一致。

前面说没有影子的只有河流，大凡透明之物，均无影。人也如此，心里空了，就没有好事坏事的影子，如同河水留不下浪涛的影子。透明的人如同一只手不分手心手背，是一团混沌，无抓亦无放。透明的人或物不阻挡阳光，阳光从他（它）们的身体穿过，顺便带走了烦恼。

人的影子在地面或长或短、或胖或瘦，物理学说这是由太阳与地球的位置造成的，我以为这恰恰是一个譬喻。早上，影子往西方拉长，如人之童年，喻示未来的岁月尚多。影子在中午伏在脚下，说盛年阳光最旺，阴影躲了起来。傍晚的影子又长了，但长的是已经度过的岁月而非未来，步入老年。

世上看不到红影子、绿影子，影子不是色彩，是暗地里的轮廓。影子无白色，白纸的影子也不是白色。影子不经你同意量出你的长宽高，放在地上，告诉你不过是你。就影子而言，你和别人并没有两样，高贵、典雅、妖娆这些词对影子用不上。下雨天，雨冲走了人与物的影子。雪天，人和墙头小鸟的影子格外黑，远方积雪山峰的影子反射蓝光。

黑夜是地球的巨大阴影，这影子深邃稠密，把所有的事物归纳为黑。人在黑夜里睡眠，孩子的身体在黑夜中生长，黑夜缔造了一个独特的世界。在地球的影子里，万物看到了别样的光亮，这就是星星和月亮的光。人对黑夜的光寄寓美和期盼，星光喻示前路微茫，月光寄托相思千里。万物在地球的影子里享受一夜和每一夜，而昆虫和动物在夜里开始它们正规的生活。夜，不过是影子，如同一株草身后的影子。事实上，一粒沙的影子也可以创造像夜这么大的黑暗，只不过沙的空间与地球不一样，而空间与时间不过是人造的观念，方便自己记录地点、年龄和自己所做未做的事情。他们把时间称之为光阴，光为昼，阴为夜，说的是光和它的影子。

　　蛇没有影子，它匍匐在地，盖住了自己的影子。雨滴没有影子，它降落得太快，人看不清它们的影子。火没有影子，它和阳光一样炽热。死人没有影子，他们终于甩掉了影子长眠于地下。歌声的影子是它的回声，人心的影子是他们的记忆。有人不为当下生活，靠记忆的影子生活。所有的记忆——不管好还是不好的记忆——终将变为影子。影子乃虚无，只是人们看不穿这一点罢了。

第四辑　季候

早 春

上午九点多,我到公园的树林里漫游。练拳的人见背剑的人往回走,问:咋不练了?背剑者说:再过一会儿地就化泞了。

我看脚下,地黑而润,像眨着苏醒的眼睛。眼下二月末,略观物候,冬天好像还没过去,但地润了。如果冰冻的大地开始化泞并撵走背剑的晨练人,不就开春了吗?

"春天"后面的字虽然叫"天",但春从地里走过来,夏天秋天和冬天都由土地裁决节令,包括长草、开花和封冻。天只是刮刮风而已。

我说的"略观物候",是以冬日的麻木心态看风景。若细瞅——假如以小鸟精准的视力和盼春心态辨察周围,与隆冬已有不同,垂柳从行道树的褐黑中透出微黄,枝条软了。枝软比微黄更可作立春的证据。走在土上能觉出地厚,冻土跟钢铁差不多,没所谓薄厚。说到鸟,鸟比冬日更大胆活泼,灰喜鹊扑啦落在离人不远的地面打量周遭。我猜它想在地上打一个滚儿,表达高兴的心情。灌木的枝杈还在尘埃里萧条,但叶芽在前端已露破绽,像用指尖捏一只蚂蚁;也像旧商人捏手指头谈价钱。灌木和春风讨价还价的结果是每枝萌发三十六片叶芽。

对敏感的人，春夜比白天更有微妙的变化。夜空广大澄明，星星好像换了一拨儿值夜者，个头矮且陌生。春夜观天，如在海底仰望。月夜，像一块蓝玻璃盒子，动荡、有波纹（流星的身影）。春天的夜色堆在天上放不下，从边际的地方流淌人间。月亮表面好像包一层透明的冰，比夏天白净。

观物候，除草木的渐变，还有小孩的征象。孩子属于大自然而非社会。归大自然所管的孩子透露季节的变化。孩子在春天里好动，如实说是盲动。在公园和大街上玩耍的孩子，脸上的粉红与冬夏都不相同，他们把花先开在脸上。孩子眼里笑意更多，跟放假、天气和暖有关，跟春天更有对应的缘由。春让大地松软，让柳枝轻柔，孩子怎么会无动于衷？"天人合一"，原本在说孩子，他们元神饱满，比老年人更早与更多接到春天的暗示，筋骨难耐，最宜生发。

假如以中医诊脉的手法为树、小鸟和大地把一把脉，结论一定是春天到了。墒在土里行走，水在树皮里行走，还有看不到的东西在万物间膨胀勃发，它是领跑者和启动人。在春天，它的名字叫春。

"春江花月夜"这五个字写尽了所有良辰美景，打头的是一个"春"字。春如果不站在头一排，万物都跟不上来。我对名字里带"春"的人素有敬意。春把花绽、河开、雁来这些意韵浓缩成一个字——春。"春"在汉字里的读法也有诗意，是一个唇音，跟"吃"的音接近，跟"恩"的音也接近。春是庄稼人吃饱饭的第一道门坎，春对每个人都有大恩。吃唔恩——春。在春天，对着绿叶与小鸟念几声"春"，都让人心里轻快。

春雪的夜

雪下了一天。作为春雪，一天的时间够长了。节气已经过了惊蛰和春分，下雪有点近于严肃。但老天爷的事咱们最好别议论，下就下吧。除了雨雪冰雹，天上下不来别的东西。下雪也是为了万物好。

我站在窗边盼雪停是为了跑步，心里对雪说：你跑完我跑。人未尝不可以在雪里跑，但肩头落着雪花，跑起来太像一条狗。穿黑衣像黑狗，穿黄衣像黄狗。这两种运动服正好我有，不能跑。

雪停了，在夜里11点。这里——汤岗子——让人想起俄裔旅法画家夏加尔笔下的俄罗斯乡村的春夜。汤岗子有一些苏联样式的楼房，楼顶悬挂雪后异常皎洁的月亮，有点像俄国。白天，这里走着从俄罗斯来治风湿病的患者，更像俄国了。

雪地跑不快，眼睛却有机会四处看。雪在春夜多美，美到松树以针叶攥住雪不放手。松枝上形成一个个雪球，像这棵松树把雪球递给边上的松树，而边上的松树同样送来雪团。松树们高过两层楼房，像剪影似的戴斗笠披大氅的古代人。摩西领以色列人出埃及，是否在野地互相递雪团充饥呢？埃及不下雪。

道路两旁，曲柳的枝条在空中交集。夏天，曲柳结的小红果如碎花构成的拱棚。眼下枝头结的都是白雪，雪在枝上铺了一个白毡，路面仍积了很深的雪。哪些雪趴在树枝的白毡上，哪些雪落在地上卧底，它们早已安排得清清楚楚。

路灯橘红的光照在雪上，雪在白里透出暖色。不好说是橘色，也不好说是红色，如同罩上一层灯笼似的纱，而雪在纱里仍然晶莹。春雪踩上去松软，仿佛它们降下来就是准备融化的。道路下面有一个输送温泉的管子，热气把路面的雪融为黑色。

近12点，路面陆陆续续来了一帮人。他们男女一组，各自扫雪。他们是邻近村里的农民，是夫妻，承包了道路扫雪的任务，按面积收报酬。我在农村干过两年活儿，对劳动者的架势很熟悉。但眼前这些农民干起活来东倒西歪，一看就知道好多年不干活了。他们的地被征用，人得了征地款后无事干，连扫雪都不会了。

我在汤岗子的林中道上转圈跑，看湖上、草里、灌木中都落满了雪，没落雪的只有天上橙黄的月亮。雪安静，落时无声，落下安眠，不出一丝声响。扫雪的农民回家了，在这儿活动的生物只剩我一人。我停下来，放轻脚步走。想起节气已过春分，可能这是春天最后一场雪了。而雪比谁都清楚它们是春天最后的结晶者，它们安静地把头靠在树枝上静寐。也许从明天早上开始，它们就化了。你可以把雪之融化想象成雪的死亡——虽然构成雪的水分不会死，但雪确实不存在了——所以，雪们集体安静地享受春夜，等待融化。

然而雪在这里安静下来，它下面的大地已经复苏了，有的草绿了，虫子在土里蠕动。雪和草的根须交流，和虫子小声谈天气。雪在复苏的大地上搭起了蓬松的帐篷。

我立定，看罢月亮看星星。我感到有一颗星星与其他星星不一样，它在不断地眨眼。我几次擦眼睛、挤眼睛看这颗星星,它真的在眨眼,而它周围的星星均淡定。这是怎么回事呢?我说这颗星眨眼是它在飘移、晃动、隐而复现。它动感情了?因为春天最后一场雪会在明天融化?这恐怕说不通。我挪移脚步,这颗星也稳定了。哦,夜色里有一根看不清的树枝在风中微摇,挡住了我视线中的星星的身影。而我希望世上真有一颗(哪怕只一颗)星星眨眼,让生活有点惊喜。

睡觉吧,春雪们,你们躬着背睡吧,我也去睡了,让月亮醒着。很久以来,夜里不睡觉的只有月亮。

不要跟春天说话

春天忙。如果不算秋天,春天比另两个季节忙多了。以旅行譬喻,秋天是归来收拾东西的忙,春天是出发前的忙,不一样。所以,不要跟春天说话。

蚂蚁醒过来,看秋叶被打扫干净,枯草的地盘被新生的幼芽占领,才知道自己这一觉睡得太长了。蚂蚁奔跑,检阅家园。去年秋天所做的记号全没了,蚯蚓松过的地面,使蚂蚁认为发生了地震。打理这么一片田园,还要花费一年的光景,所以,不要跟蚂蚁说话。

燕子斜飞。它不想直飞,免得有人说它像麻雀。燕子口衔春泥,在裂口的檩木的檐下筑巢,划破冬日的蛛网。燕子忙,哪儿有农人插秧,哪儿就有燕子的身影。它喜欢看秧苗排队,像田字格本。衔泥的燕子,从不弄脏洁白的胸衣。在新巢筑好之前,不要跟燕子说话。

如果没有风,春天算不上什么春天。风把柳条摇醒,一直摇出鹅黄。风把冰的装甲吹酥,看一看冰下面的鱼是否还活着。风敲打树的门窗,催它们上工。风把积雪融化的消息告诉耕地:该长庄稼了。别对风说:"嗨!"也别劝它休息。春风休息,春天就结束了。所以,不要跟春风说话。

雨是春天的战略预备队。在春天的战区,风打前阵,就像空军作第一轮攻势一样,摧枯拉朽,瓦解冬天的军心。雨水的地面部队紧接着赶到,它们整齐广大,占领并搜索每一个角落,全部清洗一遍,让泥土换上绿色的春装。不要跟它们讲话,春雨军纪严明。

草是春天的第一批移民。它们是老百姓,拖儿拉女,自由散漫。草随便找个地方安家,有些草跑到老房子屋顶,以及柏油路裂缝的地方。草不管这个,把旗先竖起来再说。阳光充足的日子,草晾晒衣衫被褥,弄得乱七八糟。古人近视,说"草色遥看近却无"。哪里无?沟沟壑壑,连电线杆子脚下都有草的族群。人见春草生芽,舒一口气,道:"春天来了!"还有古人作诗:"溪上谁家掩竹扉,鸟啼浑似惜春晖。"(戴叔伦《过柳溪道院》)"渭北春天树,江东日暮云。"(杜甫《春日忆李白》)春晖与春树都比不过草的春意鲜明,它们缝春天的衣衫,不要跟忙碌的缝衣匠说话。

"管仲上车曰:'嗟兹乎,我穷必矣!吾不能以春风风人,吾不能以夏雨雨人,吾穷必矣。'"(《说苑·贵德》)没有谁比春天更厉害,管仲伤感过甚。看春天如看大戏,急弦繁管,万物萌生。在春天,说话的主角只有春天自己,我们只做个看官。

春是春天的春

春是春节的春。小孩子像一堆红萝卜四处滚动,他们兜里多了钱,还有鞭炮,眼睛东张西望。柴火垛的积雪把孩子脸蛋映衬鲜红。春节驾到,它被厨房大团的蒸汽蒸出来,天生富足。人集体换上同样的表情:憧憬的、采购的、赴约的、疲倦的,大抵是豪迈的表情,即春节的表情。一只小白狗往桑塔纳车轮撒尿做记号,一会儿车开了,上哪儿找这个记号呢?春节把小狗乐糊涂了。春节是家家召开的总结表彰大会、烹饪大会、时装发布会、项目规划会,参与人士为全体国民。

春是春雪的春。正月的雪,是天送给地的一笔厚礼。若半尺厚,春小麦就有了一床暄暖的厚被。雪沃大地,黑龙江省进入童话,吉林省进入版画,辽宁的雪待不上几天就化,气温高。春雪飘落,带着伞翼,旋转而下,把枯草包裹晶莹。屋顶的雪借阳光变为参差耀眼的檐冰,一边淌水,一边延伸。

春是春分的春。每年 3 月 21 日前后,太阳抵达黄经零度,昼夜均,寒暑平,阴阳相半。这天正午,在太阳的脚步落下那一刻,被天文学视为北半球春季的开始。保定农谚唱:"春分麦起身,一刻值千金。"

春是春水的春。庾信《燕歌行》:"洛阳游丝百丈连,黄河春冰千片穿。"春冰薄如翼,捡一片放在手心,透出鲜红的掌纹,与玻璃一般。俄尔缩为水。春水浩荡,越岭翻山。旧日的东北土匪,此际出山拆冰。桃花水下来,冰块壅塞河道,影响木排运输。商人请胡子(匪)拆冰,匪们喝过酒,上冰,撑木杆左支右绌,轰隆一声,冰泄河通。胡子或永久失踪,或从哪个地方爬上岸,挣的是舍命钱。大部分江河,冰化水,如鱼下锅,酥了,碎了。我的感觉,冰在春夜比白昼化得快。春水流桃花,落红搭上了薄冰的小舟。想起黎锦晖那首《桃花江》:"我听得人家说,说什么?桃花江是美人窝。桃花千万朵呀,比不上美人多。"

春是春草的春。柳枝在河面练习书法,字被波纹抹掉。不觉间,地上浮现密密麻麻的字,连成片是草书,它们是春草。草是春天的信函,连篇累牍,蘸着绿色的墨汁,写到天涯海角。有人说,画兰须备书法功底,苛求于"笔","墨"则次之。而草的象形书法,撇捺通脱,开张奔放,是米芾的行草。这些草书,叫"大地回春帖",被大地当衣裳披在身上,向夏天走去。

春是春耕的春。祭土神的春社过了,"桑柘影斜春社散,家家扶得醉人归。"春牛登场,地表阳升。农人扶犁挥鞭,头顶有燕子飞掠。庄稼人开始忙了,把粮食从地里忙进仓里,春耕是头一天。

春是春天的春。唐代称酒为春,"软脚春""垆头春"等。曲艺界称相声为春,"宁送一锭金,不传一口春。"《诗经》里,思慕异性是春,"有女怀春。"在大自然看来,只有春天才是春。杜甫《腊日》诗:"侵陵雪色还萱草,漏泄春光有柳条。"春天所以为春,是万物皆萌,四季轮回的新一轮又开始了。春天所以叫天,是天的心情很好,江河风雨,温润和顺,柳絮乱飞也没惹老天爷生气。春天里,管弦乐队应该去田野里演奏。鲍罗丁《在中亚细亚草原上》或者德沃夏克《斯拉夫舞曲》，均广大深厚，田野吐出带甜味的呼吸。在春天，大地的胸膛潮湿澎湃，让生长的生长，让冬眠的醒来，让花朵在坚硬的枝头站成一排排蝴蝶，让孩子在乡村的学堂里朗读。

教员（温柔）：春……

孩子（倔强）：春！

教员（端正）：春天的春……

孩子（强烈）：春天的春！

喊声太大了，屋檐的小鸟惊飞，风从树林跑过来，看这里到底发生了什么事。

初　夏

初夏羞怯地来到世间，像小孩子。小孩子见到生人会不好意思。尽管是在他的家，他还是要羞怯、会脸红，尽管没有让他脸红的事情发生。小孩子在羞怯和脸红中欢迎客人，他的眼睛热切地望着你，用牙咬着衣衫或咬着自己的手指肚。你越看他，他越羞怯，直至跑掉。但过一会儿他还要转回来。

这就是初夏。初夏悄悄地来到世间，踮着脚尖小跑，但它跑不远，它要蓬蓬勃勃地跑回来。春天在前些时候开了那么多的花，相当于吹喇叭，招揽人来观看。人们想知道这么多鲜花带来了什么，有怎样的新鲜、丰润与壮硕。鲜花只带来了一样东西，它是春天的儿子，叫初夏。初夏初长成，但很快要生产更多的儿子与女儿，人们称之为夏天。夏天不止于草长莺飞，草占领了所有的土地，莺下了许多蛋。夏天是一个昏暗的绿世界，草木恨不能长出八只手来抢夺阳光。此时创造了许多荫凉，昆虫在树荫下昏昏欲睡。

然而初夏胆子有点小，它像小孩子一样睁着天真的眼睛看望四外。

作为春天的后代，它为自己的朴素而羞怯。初夏没有花朵的鲜艳。春天开花是春天的事，春天总是有点言过其实。春天谢幕轮到初夏登场时，它手里只带了很少的鲜花。但它手里有树叶和庄稼，树的果实和庄稼的种子是夏天的使命和礼物，此谓生。生生不息是夏天之道。

初夏第一次来到世间，换句话说，每一年的初夏都不是同一个夏天，就像河流每一分钟都不是刚才那条河流。在老天爷那里，谁也不能搞垄断。夏天盼了许多年才脱胎到世间，它没有经验可以利用。往年的夏天早已变为秋天与冬天。夏天的少年时光叫初夏，它不知道怎样变成夏天。每当初夏看一眼身边的葱茏草木都会吓一跳，无边的草木都是奔着夏天来的，找它成长壮大。一想这个，初夏的脑袋就大了，压力也不小。初夏常常蹲在河边躲一躲草木的目光，它想说它不想干了，但季候节气没有退路，不像坐火车可以去又可以回来。初夏只好豁出去，率领草木庄稼云朵河流昆虫一起闯天下，打一打夏天的江山。

初夏肌肤新鲜，像小孩胳膊腿儿上的肉新鲜，没一寸老皮。初夏带着新鲜的带白霜的高粱的秸秆、新鲜的开化才几个月的河流、新鲜的带锯齿的树叶走向盛夏。它喜欢虫鸣，蛐蛐儿试声胆怯、小鸟儿试声胆怯，青蛙还没开始鼓腹大叫。初夏喜欢看到和它一样年轻幼稚的生命体，它们一同扭捏地、热烈地、好奇地走向盛大的夏天。

人早已经历过夏天，但初夏第一次度夏。它不知道什么是夏天，就像姑娘不知道什么叫妇人。这不是无知是财富。就像白纸在白里藏的财富、清水在清里藏的财富，这是空与无的财富。人带着一肚子见识去了哪里？去见谁？这事不说人人都知道，人带着见识与皱纹以及僵硬的关节去见死神，不如无知好。如果一个人已经老了，仍然很无知，同时抱有好奇心与幼稚的举止，这个人该有多么幸福。只可惜人知道得太多，所知大多无用，不能帮他们好好生活。

初夏走进湿漉漉的雨林，有人问它天空为什么下雨，初夏又扭捏一下,它也是第一次见到雨。这些清凉的雨滴从天空降落,它是从喷壶还是筛子里降落到地面?天上是不是也有一条河?初夏由于回答不出这些问题而脸红了,比苹果早红两个月。

初夏跑过山冈,撞碎了灌木的露水。它在草地留下硕大的脚印,草叶被踩得歪斜。初夏的云像初夏一样幼稚,有事没事上天空飘几圈儿。其实,云飘一圈儿就可以了,但初夏的云鼓着白白的腮帮子在天空转个没完,还是年轻啊。你看冬天那些老云窝在山坳里不动弹,动也是为了晒一晒太阳。初夏的云朵比河水汹涌。大地上的花朵才开,大地的花草要等到夏天才绽放。开在枝上的春花像高明人凭空绣上去的,尤其梅花,没有叶子的帮衬。而草花像雨水一样洒满大地,它们在绿草的胸襟别上一朵又一朵花,就像小姑娘喜欢把花朵插在母亲的发簪上。

初夏坐在河流上,坐在长出嫩叶的树桩上。初夏目测大地与星空之间的距离。它寻找春天剩下的花瓣,把它们埋在土里或丢在河里漂走。初夏藏在花朵的叶子下面等待蜜蜂来临。初夏把行囊塞了一遍又一遍,还有挺多草木塞不进去。要装下这么多东西,除非是一列火车。

大夏之夏

夏天好似乐曲里的中板,它的绿、星斗的整齐和蛙鸣呈现中和之美。夏日与夏夜的节奏匀称,它的肢体饱满。夏天的一切都饱满,像一池绿水要漫出来。庄稼和草都在匀称之间达到饱满。夏日的生命最丰富,庞杂却秩序清晰。生命,是说所有生灵的命,不光包括庄稼和草,还有几千种小虫子。有的小虫用一天时间从柳枝的这一端爬到那一端,而它不过活十天左右。小虫不会因为一生只有十天而快跑或慢爬,更不会因此哭泣。每一种生物对时间的感受都不一样,就像天上神仙叹息人生百年太短,而"百"和"年"只是人发明出来的说辞。小虫的时间是一条梦幻的河流,没有"年月日"。命对人来说是寿,对小虫来说是自然。虫鸟比人更懂缘起性空的道理。

夏天盛大,到处都是生命的集市。夏天的白昼那么长,仍然不够用。万物藉太阳的光照节节生长。老天爷看它们已经长疯了,让夜过来笼罩它们,让它们歇歇。有的东西——比如高粱和玉米,在夜里偷着"咔咔"拔节,没停止过生长。这是庄稼的梦游症。在夏日,管弦乐队所有的乐器全都奏响。电闪雷鸣是打击乐,雾是双簧管,柔和弥漫,檐下雨滴是竖琴,从石缝跳下来的山泉水也是竖琴。大提琴是大地的呼吸,大地的肺要把草木吸入的废气全吐出来。它怕吓到柔弱的草,缓缓吐出气。这气息在夜里如同歌声,是天籁地籁人籁中的歌声。

许许多多的草木只有春天和夏天,没有秋天,就像死去的人看不见自己墓地的风景一样。草不知何谓秋天,它对秋天等于收获这种逻辑丝毫不懂,这是人的逻辑,所说都是功利。

夏日是雨的天堂。雨水有无数理由从天空奔赴大地,最后无须理由直接倾泻到大地上,像小孩冲出家门跑向田野。雨至大地,用手摸到了它们想摸的一切东西。雨的手滑过玉米的秸秆和宽大的叶子,降落到沉默的牛的脊背上。雨从树干滑下来,钻进烟囱里,踩过千万颗沙粒,钻进花蕊。雨没去过什么地方?雨停下来,想一想,然后站在房顶排队跳下来。它们在大地造出千万条河流,最小的从窗户玻璃流下来,只有韭菜那么宽,也是河流。更多的雨加入河水,把河挤得只剩一小条,拥挤的雨水挤塌了河岸,它们得意地跑向远方。太阳出来,意思说雨可以休息了。雨去了哪里?被河水冲跑和沉入泥土的雨只是这个庞大家族的一部分子民,其他的雨回到了天空。它们乘上一个名为"蒸发"的热气球,回到了天上。它们在空中遇到冷空气,急忙换上厚厚的棉衣。那些在天空奔跑的棉花团里面,隐藏着昨夜降落在漆黑大地上的雨水。

夏夜深邃。如果夜是一片海,夏夜的海水最深,上面浮着星星的岛屿。在夏夜,许多星星似乎被海冲走了。不知从哪里漂来新的星屿,它们比原来的岛屿更白净。

夏天流行的传染病中,最严重的是虫子和青蛙所患的呼喊强迫症。它们的呼喊声停不下来,它们的耳朵必须听到自己的喊声。这也是老天爷的安排,它安排无数青蛙巡夜呼喊,听上去如同赞美夏天。夏天如此丰满，虫与蛙的呼声再多一倍也不算多，赞美每一颗苹果和樱桃的甜美，赞美高粱谷子暗中结穗，花朵把花粉撒在四面八方。河床满了，小鸟的羽毛干干净净，土地随时长出新的植物。虫子要为这些奇迹喊破嗓子，青蛙把肚子喊得像气球一样透明。

七月有权利炎热

　　七月有权利下小雨、大雨和暴雨。野草在汪洋中露出绝望的头颅,它的手在积水里写了无数个水字,却没一个字浮出水面。七月悬挂着骄阳的火炉,把土壤晒得开裂,蚂蚁得到纵横四海的地道。野蜂在七月结成网,吮取所有植物的花粉,让大地变成蜜地。野蜂改变了七月份每一个早上的气味,在青草的苦味和河流的腥味里加入透明的甜。空气如同黏稠的旋涡,不知去哪一棵树上结晶。

　　七月在每天的傍晚都戴上玫瑰色的草帽子,帽檐宽至天际。地上的花朵与西山的晚霞共同跳一支舞。它们的舞步在风里燃烧,草帽里露出窟窿,露出隐藏在里边的星星。

　　七月醉了30天,野草乘季候之神的醉意占领所有的领地。在七月,野草不再向上生长,草尖垂下来,野草张开臂膀霸占更多的土地,草叶变宽,贴在地面延伸。草的容貌气质在七月变野了,成了从千里之外跋涉而来的流浪汉。它们黧黑、粗犷。被暴雨冰雹冲刷过的野草的生命力在此达到最高点。

七月有雾，河上的薄雾如云母一般空灵，离河三尺，不高不低，为河流里的鱼搭了一条羊毛的毡棚。雾是迷路者，雾是夜里跑出来玩耍却找不到家的精灵。阳光出来后，雾忘了应该从哪一道山缝走回去。山在夜里昼里的模样完全不一样。雾游荡，它们不会飞，不会像水流一样潜地，兀自让风吹着游走，不高不低，像山腰的、白桦林的、河流的纱巾。七月，雾的纱巾在每一棵树上都做了记号，在松鼠的尾巴绕过三圈儿。雾让树林变成了舞台，雾慢慢拉开幕时，树的合唱队员已经排好了队形。

七月电闪雷鸣，乌云如同江底的淤泥压塌了天空。天所降者不光有雨，还有天堂的溪流，天堂屋檐的冰凌，天堂草地与小路上的积水。庄稼喝到这些水并体会到天意。天意无非好生，生生不息。在七月，雷霆把天空炸裂。从天上看，雷把天炸开无数裂纹，像碎鸡蛋一样，流出闪电的蛋黄。七月雷声的嗓门最大，回声千里。天神看到被闪电击中起火的森林在大雨中燃烧。七月之中，天下所有河流都增加了一倍的水。丰满浑浊的河流在河床里游荡，如浴后久久不穿外衣的肥胖妇人。

野草俯身大地，流星找不到降落的地点。七月的夜空比春夜更深邃，春夜的天空仍然结冰，星斗和月亮的影子从冰层照射过来，看上去模糊清冷，比夏夜多了一重蓝屏风。七月的夜空是天海的深底，星星、星宿与星座是游鱼、珊瑚和没有马的马车。这时候，天空的海底渐渐变暖，生物密集，潮汐剧烈，七月的夜常常因此下一场雨。人们在地球上见到的月亮其实隔着天空的海水。由于水对光的折射作用，月牙儿显得纤瘦、白净。在无事的后半夜，月牙儿躺在摇椅上睡到天亮。

蚂蚁在七月长大了一倍。春天蠕动的小蚂蚁长成了大黄蚁和大黑蚁，气势汹汹。老天爷恣惠所有生物在七月变得理直气壮。蚂蚁像螳螂一样凶恶,青蛙像黄狗一样狂吠,雨水毁坏道路,乌鸦的翅膀扇来了暮色。七月,生长的势力最大,树在风中模仿庄稼拔节,"咔嚓"的声音惊醒了鸟梦,七月是蛮横的兵勇,他们手持滚石檑木,打碎所有妨碍生的路障,一日千里,如群山驮走太阳。

七月有权利炎热,阳光的轧道机从天上滚下来把麦地轧一遍,或两遍,让不熟的种子全部成熟。金黄的麦浪起伏不定,保留了轧道机的痕迹。七月有权利号召大雨滔天,被阳光晒死的虫子所产的卵在潮湿里新生。每一种生物在七月都得到一份生的份额,不止巨蟹,万物于此皆生。

七月的晨雾如牛奶泼在草地上,河水用颤动仍然摆脱不掉玉米叶子的倒影。昆虫在七月彻夜歌唱,它们爬过每一寸大地,熟悉每一株草。七月任性,七月压抑不住自己的热情,七月水灵,七月是六月后面那个月,比八月清新一个月,它长胖了夏天的腰。

初　秋

初秋看不到卷成一根针一样的青草心，看不到树叶像抹了一层油似的新绿。初秋是老天用很大的力量转变一件事，它让草叶由深绿变得微黄，叶子的水分流失了，最后薄得如一张纸。天的动作让天的色泽都变了，深蓝褪为浅蓝，宁静辽远，好像后退了108公里。老天所做的这件事叫"秋"，或者叫"自夏而秋"，这是何等盛大的典礼，让所有的植物加入秋的合唱。

看不到从水泥地的缝隙长出新草，云彩只剩下原来的十分之一，变薄了，仿佛不够絮一床新被子。那些娇嫩、浅颜色的花朵已经敛迹藏形，只剩下成片的花朵鲜艳开放，如菊花、鸡冠花和串红。土地不再松软，不似春雨之后的酥透。当土地进入初秋，犹如一个男人行进中年，好比理查·基尔、周润发。他们从容了，也放慢了步伐。所谓争先恐后说的是春天，每一个时辰都冒出一个花骨朵，河水急匆匆流过，浪花四溅。春天怎么能不争？每一朵花都报春信，以为是自己招来了春天。夏天的茂盛，用"争"已经不确切，是无边的生长，每一个有生命的植物在夏天都有了一席之地。花草比房地产商对地的态度更贪婪，长满了天涯海角。

秋天，还有什么大事要忙吗？没有了。你看一眼枝上的果实，就知道"忙"已经不是秋天的语言。不必说水果，连卑微的小草都结满了草籽。鼓鼓囊囊的草籽穗头像八路军的干粮袋一般朴实，它是明年几十株青草的娘胎。

秋天慢下来，地球转到秋天也应慢一些。秋天沉重，大地多出来无数沉重的粮食，地球的辎重车行走当然要慢。地球舍不得把藤上晶莹的葡萄甩下来，宁愿转得更稳些。

初秋并不是丰收的时候，丰收是说晚秋。初秋所做的事情是定型，让一切可以称为果实的东西由不确定变得确定、由浆变成粉、由稚嫩变得坚硬。那些还没在初秋定型的东西已经定不了型了。人也如此，一个叫作"青春"的东西已经逝去了多年，双脚正往晚秋行走，此时还没沉淀、没雏形、没味道、没形态，有什么收获可言呢？

初秋明净，光线照在树枝和马路上，一样的澄澈。秋天的水比夏天更透明。早晨，秋天弥漫着来自远方的气味。这味道不知有多远，是庄稼、果树、河水和草地的混合气味，在城里也能闻得到。此味对于人，可叫作深刻或沉潜，离肤浅已经很远。如果秋天和中年还肤浅，就太那个了。好在四季一直懂这个道理。如果大地不知好歹地装嫩，会把人全吓死。初秋只是短暂的过渡色，叫作立秋和白露，而后中秋登场，所有的喜庆锣鼓都会敲响，丰厚盛大。

秋叶漫游世界

秋叶在树头俯观大地，风劲吹，使它摇摇欲飞，叶子早就想下地走一走。

所谓秋风吹过来，怀里揣着一把接生婆的剪刀，去掉叶子羁绊，让它们在大地打滚奔跑。人看秋叶飘落，心境生凉。错了，人心哪懂天意。落叶高兴，在地上与众多兄弟姐妹相逢，千千万万的叶子抱着、携着，牵拉彼此的手腕臂膀团团起舞。

它们原来看不清彼此的长相。人说，叶子和叶子长得一样嘛，又错了。叶子在叶面上的面庞，润洁或活泼、多情或静思，脉络不一，绿得深浅不一，表情也不一样，这在枝头上看不清。叶子在枝头做团体操，每叶位置固定，跟奥运会开幕式差不多。

在地面，叶子看清了伙伴的面孔和它们的表情，表情写着：走啊，咱们浪迹天下吧。

脚下的大地松软、坚硬、平坦、起伏，释放迷醉的香气。青草的外衣在秋天换成浅黄的披风，围在膝下。说土地只生草木是短见，它还是蚂蚁、蛐蛐儿的大本营,是石子、碎玻璃、废弃的烟盒、雪糕纸的家。大地有多大?落叶以为在风中奔跑三天三夜就到了尽头,不可能。三天三夜才到法库,法库前面是四平,然后是长春、洮南、科尔沁左翼中旗、满归。诸落叶,尔等明白啥叫天涯海角不?不明白就慢慢跑吧!

城里的落叶在避风的墙角入眠,半夜醒来,见光秃秃的树枝挡不住月亮的脸,吓了一跳。落叶看枝杈歪斜,更吓一跳。它们一直以为枝直通天。树是千手千眼佛,向四面八方伸臂,一层层接引,收拢成为枝尖。

风不光是接生婆,还是导游。它带着无边的落叶参观躺在小区里的白菜和大葱,参观马路上的斑马线,看大楼身上的玻璃幕墙飘过白云。

奔跑的落叶已经找不到原来的枝头。天晓得天下有多少棵树,谁知道谁的位置几排几号?无风的早晨,鹅黄的落叶覆盖人行道,个别地方没盖好,露出一点点水泥的缝隙。即便这样,爱美的人也不忍心在上面踩。其实踩没啥事,落叶在脚下"沙沙"响,暗发秋声。

秋天,落叶尽享游荡的快乐。看山是山,看水是水,看人成群结队不知去了什么地方。它们劝枝上的留守者,下来吧,大地宽阔。

四 季

秋天

用读《论语》的眼光看秋天,它干净而简洁,枝条洗练,秋空明净,这是谁都知道的。老天爷只在秋季拭手一擦晴空。白杨树,干直而枝曲,擎着什么,期待或其他;河床疏阔,一眼望尽。

秋天,场院丰盈但四野凋敝——由于人对土地的掠夺。我不愿意看到玉米叶子自腰间枯垂,像美人提着裤子。割去吧,用锋利的镰刀把玉米自脚踝割断,它们整齐地躺在垄上,分娩一样。谷子尚不及玉米,斩过又让人薅一下,头颅昏沉坠着。

在乡下,我爱过我的镰刀。不光锋利,我在意刀把的曲折,合乎"割"的道理。镰刀把握在手,是一种不尽、一种生存与把玩的结合。

在北方的秋天,别忘了抬头看老鸹窝,即钻天杨梢上的巢。细枝密密交封,里面住着老鸹的孩子。老鸹即乌鸦,虽然不见得好看,小老鸹喙未角质,鹅黄色。

拎着镰刀抬头看老鸹,或拾土块击其巢(当然击之不中),是秋天的事情。老鸹扇翅盘桓,对你"呱呱",没责备,也许算规劝。

若说场院胜景，最好的不是飞锹扬场——粮食在风中吹去秕糠，如珠玉落下；在集体的场院里，电灯明晃高照，和农村老娘们儿剥玉米才是享受。电灯一般是二百瓦的，红绿塑料线沿地蜿蜒。这时，地主富农坐一厢，知识青年和贫下中农坐一厢。谈话最响亮的是大队书记的年轻媳妇，她主导，也端正，手剥玉米说着笑话。夜色被刺眼的光芒逼退了，剥出的新鲜玉米垛成矮墙风干。

乡道上，夏天轧出的辙印已经成形，车老板子小心地把车赶进辙里行进。泥土干了，由深黄转为白垩色。芨芨草的叶子经霜之后染上俗艳的红色。看不到蚂蚁兄了，雁阵早已过去。怎么办呢？我们等着草叶结霜的日子，那时候袖手。

总有一些叶子，深秋也不肯从枝上落下，是恋母情结或一贯高仰的品格。然而，当它们随着风声旋转落地时，人们总要俯首观看，像读一封迟寄的信。

冬日

在这个时候，我父亲出门前要提系裤子再三，因为棉裤毛裤云云，整装以待发。

这时，我在心里念一个词："凛冽。"风至、霜降、冰冻，令我们肺腑澄澈无比。冷固然冷，但我们像胡萝卜一样通红透明。真的，我的确在冬天走来走去，薄薄的耳朵冻而后疼，焐一焐又有痒的感觉。鼻子也如涅克拉索夫说的"通红"。但为什么不享受冬天？冬天难道不好吗？

冬天！这个词说出来就凝重，不轻浮。人在冬天连咳嗽亦干脆，不滞腻。窗上的霜花是老天爷送你的一份薄礼，笑纳吧。当你用你的肉感受一种冬天的冷时，收到的是一份冰凉的体贴。比较清醒，实际比较愚钝。因为冬藏，人们想不起许多念头。我女儿穿得像棉花包一样，在冰上摔倒复起，似乎不痛。

想我的故乡，我的祖先常常在大雪之后掏一条通道前往其他的蒙古包。在这样的通道上走，身边是一人高的雪墙。他们醉着，唱"A Ri ben Ta Ben Nie Sa Ri……"走着，笨拙却灵活的爱情，相互微笑举杯。

冬天听大气的歌曲，肖斯塔科维奇或腾格尔。不读诸子，反正我不读诸子，因为没有火盆，也没有绍兴老酒。唱歌吧，唱外边连霜都不结的土地，连刨三尺都不解冻，而我们还在唱歌，这不是一种生机吗？

冬天的女人都很美丽，衣服包裹周身，只露出一张脸。我们一看：女人！不美丽的女人亦美丽。爱她们吧，如果有可能。她们在冬天小心地走着，像弱者，但生命力最强。

春时

春天无可言说，汗液饱满，我们说不出什么。如果我们是杨树枝条，在春天就感到周身的鼓胀，像怀孕一样，生命中加一条生命。

说"春——天"，口唇吐出轻轻的气息，想到燕子墨绿的羽毛，桃花开放的样子，不说了。虽然人们在春天喜悦。我暗想又添了一岁。不说了。

夏季

夏天在那边。

我感到夏天不是与冬季相对的时令,如棋盘上的黑白子。我知道夏天是怎么回事,它累了,如此而已。在四季中,夏天最操心,让草长高,树叶迎着太阳,蜜蜂到花蕊里忙活。刚到秋日,夏天就说:我不行了。

夏天是毛茸茸的季节,白日慵懒,夜里具有深缓的呼吸,像流水一样的女人穿着裙子。跟春天比,夏天一点不矫情也不调侃,走到哪里都是盛宴。

如果我是动物,就在夏天的丛林里奔跑,跑到哪里都可以,用喉音哼着歌曲,舌尖轻抵上腭,渴了就停下埋头饮泉水。啦——啦——啦,我认真地准备过一个夏天。

第五辑　雨

雨的灵巧的手

雪是客人，安坐地下枝上。它给麦子盖上一床棉被，甚至给宫殿前的小石狮子戴一顶棉毛帽子，雪到世间来串门儿。

而雨是世间的伙计，它们忙，它们比钟点工还忙，降落地面就忙着擦洗东西。雨有洁癖，它们看"这个名字叫地球的小星星"（阿赫玛托娃）太脏了，到处是尘土。雨在阴沉天气里挽起袖子擦一切东西。裂痕斑驳的榆树里藏着尘土，雨用灵巧的小手擦榆树的老皮，擦每一片树叶，包括树叶的锯齿，让榆树像被榆树的妈刚生出来那么新鲜。不光一棵榆树，雨擦洗了所有的榆树。假如地球上长满了榆树，雨就累坏了，要下十二个月才能把所有的榆树洗成婴儿。

雨把马车擦干净，让马车上驾辕的两根圆木显出花纹，轼板像刚刚安上去的。雨耐心地把车轱辘的大螺丝擦出纹路。马车虽然不像马车它妈新生出来的，但拉新嫁娘去婆家没问题。

雨擦亮了泥土间的小石子。看，小石子也有花纹，青色的、像鸽子蛋似的小石子竟然有褐色的云纹。大自然无一样东西不美。它降生之初都美，后被尘埃湮没，雨把它们的美交还给它们。雨在擦拭花朵的时候，手格外轻。尽管如此，花朵脸上还是留下委屈的泪。花朵太娇嫩了，况且雨的手有点凉。

雨水跑步来到世间，它们怕太阳出来之前还有什么东西没擦干净。阳光如一位检察官，会显露一切污垢。雨去过的地方，为什么还有污垢呢？比如说，雨没把絮鸟窝的细树枝擦干净，鸟还能在这里下蛋吗？雨的多动症越发强烈，它们下了一遍又一遍。雨后，没有哪一块泥土是干的，它们下了又下，察看前一拨儿雨走过的每一行脚印。当泥土吐出湿润的呼吸时，雨说这回下透了。

雨不偏私，土地上每一种生灵都需要水分和清洁。谁也不知道在哪里长着一株草，它可能长在沟渠里，长在屋脊上，长在没人经过的废井里。雨走遍大地，找到每株草、每个石子和沙粒，让它们沐浴并灌溉它们。石子虽然长不出绿叶子，但也需灌溉一下，没准能长出两片绿叶，这样的石子分外好看。

雨有多么灵巧的小手，它们擦干净路灯，把柳条编的簸箕洗得如一个工艺品；井台的青石像一块块皮冻；老柳树被雨洗黑了，像黑檀木那么黑，一抱粗的树干抽出嫩绿的细枝。

小鸟对雨水沉默着。虽然鸟的羽毛防水，但它们不愿在雨里飞翔，身子太沉。鸟看到雨珠从这片叶子上翻身滚到另一片叶子上，觉得很好笑。这么多树叶，你滚得过来吗？就在鸟儿打个盹的时候，树叶都被洗干净了，纹络清晰。

雨可能惹祸了，它把落叶松落下的松针洗成了褐色，远看不知道这是什么东西。翠绿的松针不让雨洗，它们把雨水导到指尖，变成摇摇欲坠的雨滴。嫌雨多事的还有蜘蛛，它的网上挂满了雨的钻石，但没法果腹。蛛网用不着清扫，蜘蛛认为雨水没文化。

砖房的红砖像刚出炉一样新鲜，砖的孔眼里吸满了水。这间房如果过一下秤，肯定比原来沉了。牛栏新鲜，被洗过的牛粪露出没消化的草叶子。雨不懂，牛粪也不用擦洗。

　　雨所做的最可爱的事情是清洗小河，雨降下的水珠还没来得及扩展就被河水冲走了。雨看到雨后的小河不清澈，执意去洗一洗河水，但河水像怕胳肢一样不让雨洗它的身体。河水按住雨的小手，把这些手按到水里，雨伸过来更多的手。灰白的空气里，雨伸过来密密麻麻的小手。

雨下在夏至的土地上

到了夏至,雨水不再是陌生人,它们像投奔故乡的游子,踩着云彩回到夏至的土地上。

夏至,雨的声音大过河水声、庄稼拔节声、蛙声。雨说给土地的话,要在夏至这一天一夜说完,土地根本没有插话的机会。对雨水而言,春秋冬三季造访土地只算做客,夏至才算回到自己的家。

草毛了,从春天开始,草在雨水的定额里断断续续生长,属于计划经济。而至夏至,草逢豪雨,尽情挥霍,一边喝一边生长,还有余裕的水分洗一洗脚丫缝儿的泥。水有的是,草在风里甩去袖子上的水。白天,城里的草呆观街景,在夜里像冲锋一般疯长。才几天,街边公园的草已经高到让沈阳的老爷们儿站在其中撒尿了。以往如城堡一般的云朵全向夏至投降,化为宽大的灰筛子筛雨,减轻天空的重量。

二十四节气里边,夏至是第十个节气。公历6月22日前后,太阳到达黄经90度,此为天文学之夏至点。这一天,按照旧学说法,阳气极至,阴气始至,太阳北至。夏至之时好像十二时辰中的午时,11点至 13 点，阳鼎盛而催阴生。这个月，属十二生肖的午马当令，奔腾暴烈，下点雨只是小意思。卖弄一点中医学说，午时或者夏至，归于十二正经中的心经。心为火脏，刚烈蓬勃。火与心、马与午、夏与阳，都说生机勃发之至，乃至夏至。

雨下之不够，始于夏至。雨从春天开始一天天降价，像姑娘变成妇女。春雨因播种而贵，到夏至，雨回归大众，为野草榆树赖毛子青蛙蝌蚪下到冒泡。该长的全长出来，青苔亦随之厚泽，每一寸土地都长出植物。至于花，开遍了城乡大地。雨水充沛，花是草木对天的谢忱。大地无所有，聊寄一枝花。河南的唢呐曲牌，一曲名为《一枝花》。

《素问》曰："心主夏。"养心的人于夏宜安，食苦味，助心气。对大地来说，心是生长，是让所有的植物尽性勃发。如果有什么东西到了夏至还没长出来，那就永远长不出来了。

雨下在夏至的土地上。

大地母亲一手拢过雨水的子女，一手拢过草木的儿孙。这时候，大地最高兴，像看见满院子孩儿乱跑，天真无赖，比秋天的成熟还好看。

雨中穿越森林

大雨把石子路面砸得啪啪响。进森林里,这声音变成细密的沙沙声。树用每一片叶子承接雨水,水从叶子流向细枝和粗枝,顺树干淌入地面。地面晃动树根似的溪流,匆忙拐弯、汇合,藏进低洼的草丛。

雷声不那么响亮,树叶吸收了它的咳嗽声,闪电只露半截,另一半被树的身影遮挡。我想起一个警告,说树招引雷击,招雷的往往是孤零零的树,而不是整片森林。对森林里的树来说,雷太少了。

雨下得更大,森林之外的草坪仿佛罩上白雾,雨打树叶的声音却变小,大片的水从树干流下来,水在黑色的树干上闪光。

我站在林地,听雨水一串串落在帽子上。我索性脱下衣服,在树叶滤过的雨水里洗澡,然后洗衣服,拧干穿上。衣服很快又湿了。雨更大的时候,我在衣兜里摸到了水,若知道这样,往兜里放一条小金鱼多好。

后来,树叶们兜不住水,树木间拉起一道白色的雨雾。我觉得树木开始走动。好多树在雨中穿行。它们低着头,打着树冠的伞。

小鸟此时在哪儿呢？每天早晨，我在离森林四五百米的房子里听到鸟儿们发出喧嚣的鸣唱，每只鸟都想用高音压倒其他鸟的鸣唱。它们在雨中噤声了。我想象它们在枝上缩着头，雨顺羽毛流到树枝上，细小的鸟爪变得更新鲜。鸟像我一样盼着雨结束，它不明白下雨有什么用处，好像下错了地方。雨让虫子们钻回洞里。

雨一点点小了，树冠间透出光亮，雷声在更远处滚动，地面出现更多的溪流。雨停下的时候，我感觉森林里树比原来看上去多了，树皮像皮革那么厚重。它们站在水里，水渐渐发亮，映衬着越发清晰的天光。鸟啼在空气中滑落。过一会儿，有鸟应和，包括粗伧的嘎嘎声。鸟互相传话，说雨停了。

这时候，树的上空是清新的蓝天，天好像比下雨前薄了一些，像脱掉了几件衣服。我本来从铁桥那边跑到林中躲雨，我住的符登堡公爵修的旧王宫已经很近。我改变了主意，穿着这身湿衣服继续往熊湖的方向走，这个湖在森林的深处。

空气多么好，青蛙在水洼间纵跳，腿长得像一把折叠的剪刀。小路上，又爬满橙色的肥虫子，我在国内没见过这么肥的虫子。回头看，身后的路上也爬满了虫子，好像我领着它们去朝圣。

路上陆续出现在林中散步的德国人，他们像我一样，被雨挡在森林里。被雨淋过，他们似乎很高兴，脸上带着幸运的笑容。但他们不管路上的虫子，啪啪走过去，踩死许多虫子。他们从不看脚下，只抬着头朝前走。鸟的鸣唱声越来越大，像歌颂雨下得好或停得好。不经意间抬头，见到大约十分之一的彩虹，像它的小腿。整个森林变得湿漉漉，我觉得仅仅留在树叶上的水，就有几百吨。

雨落大海

我终于明白，水化为雨是为了投身大海。水有水的愿景，最自由的领地莫过于海。雨落海里，才伸手就有海的千万只手抓住它，一起荡漾。谁说荡漾不是自由？自由正在随波逐流，"应无所住，而生其心"。雨在海里见到了无边的兄弟姐妹，它们被称为海水，可以绿，可以蓝，可以灰，夜晚变成半透明的琉璃黑。雨落进海里就开始了周游世界的旅程，从不担心干涸。

我在泰国南部皮皮岛潜泳，才知道海底有比陆上更美的景物。红色如盆景的珊瑚遍地都是，白珊瑚像不透明的冰糖。绚丽的热带鱼游来游去，一鱼眼神天真，一鱼唇如梦露。它们幼稚地、梦幻地游动，并不问自己往哪里游，就像飞鸟也不知自己往哪儿飞。

人到了海底却成了怪物，胳膊腿儿太长，没有美丽的鳞而只有裤衩，脑袋戴着泳镜和长鼻子呼吸器。可怜的鱼和贝类以为人就长这德行，这真是误会。我巴不得卸下呼吸器给它们展示嘴脸，但不行，还没修炼到那个份儿上，还得呼吸压缩氧气，还没掌握用鳃分解水里氧气的要领。海底美呵，比九寨沟和西湖都美。假如我有机会当上一个军阀，就把军阀府邸修在海底，找我办事的人要穿潜水服游过来。海里的细砂雪白柔软，海葵像花儿摇摆，连章鱼也把自己开成了一朵花。

上帝造海底之时分外用心，发挥了美术家全部的匠心。石头、草、贝壳和鱼的色彩都那么鲜明，像鹦鹉满天飞。上帝造人为什么留一手？没让人像鸟和鱼那么漂亮。人，无论黄人、黑人、白人，色调都挺闷，除了眼睛和须发，其余的皮肤都是单色，要靠衣服胡穿乱戴，才能表示自己不单调。海里一片斑斓，上帝造海底世界的时候，手边的色彩富裕。

雨水跳进海里游泳，它们没有淹死的恐惧。雨水最怕落在黄土高坡，"啪"，一半蒸发，一半被土吸走，雨就是这么死的，就义。雨在海里见到城墙般的巨浪，它不知道水还可以造出城墙，转瞬垮塌，变成浪的碉堡、浪的山峰。雨点从浪尖往下看，谷底深不可测，雨冲下去依然是水。浪用怀抱兜着所有的水，摔不死也砸不扁。雨在浪里东奔西走，四海为家。

雨在云里遨游时，往下看海如万顷碧玉，它不知那是海，但不是树也不是土。雨接近了海，感受到透明的风的拨弄。风把雨混合编队，像撒黄豆一样撒进海里。海的脸溅出一层麻子，被风抚平。海鸥在浪尖叼着鱼飞，涛冲到最高，卷起纷乱的白边。俯瞰海，看不清它的图案。大海没有耐心把一张画画完，画一半就抹去另画，象形的图案转为抽象的图案。雨钻进海里，舒服啊。海水清凉，雨抱着鲸鱼的身体潜入海水最深处，鱼群的腹侧如闪闪的刀光，海草头发飞旋似女巫。往上看，太阳熔化了，像蛋黄摊在海的外层，晃晃悠悠。海里不需要视力，不需要躲藏。水是水的枕头和被褥，不怕蒸发，雨水进入大海之后不再想念陆地。

在雨中跑步

在雨中跑步的困难不是雨。雨量大小不过是水量大小,就当跑步时有人在你身后举一个淋浴喷头,水量或急或缓,水流的方向忽东忽西。在雨里跑步的困难敌不过避雨人的一双双眼睛。

街上避雨的人,躲在树底檐下,衣装干爽,沉默地看我跑步。跑步可以谅解,在雨中跑步就不容易被谅解。我推想自己不被谅解的理由,边跑边想——头发湿成一绺,像破抹布一样趴在脑门;眼角眯着,因为进水,要不断擦去脸上的水珠。而衣服贴在身上,鞋里面也进了水,呱呱响。这个人在干什么?哼!跑步。

水,仅仅身上挂满了水,在街上奔跑就受到蔑视。仿佛我是欠别人钱被罚在雨里跑步的人,是趁天气不好从精神病院逃出来的人,是想作秀上不了电视的人。

在雨中跑,跑相有点狼狈。但我觉得豪迈,可惜别人没看出来。白箭似的雨水急急钻地,两三米之外看不清东西,像一块块裂了纹的玻璃。雷声此起彼伏,在天边搞心电图。我大步奔跑,脚下激起水花。

我想，这就是为争夺八三四高地而奔袭的攻打太原尖刀营战士的雄姿。

而路人的目光在说：跑吧，傻子，跑到太原去吧。我每天搞冷水浴，最难忘的一次在松潘，那里的水把每一根神经都冰得抱怨不已。五大连池的冷泉也非常凉，骨头冻得好像变成了钢管。而平常的冷水澡没什么诗意，远不如大雨。雨水有一点温暖，因为雨前的天气总是很热。雨水流到嘴里没什么异味，当然不要把雨水咽进去，里面有多种污染元素，喝下去没准身上会生红锈与蓝斑。

雨天跑步比较讨厌的是睁不开眼睛，应该戴上游泳镜。是的，下回跑一定戴上。虽然戴游泳镜跑步更加像怪物。第二讨厌出租车。一见有积水，出租车假装是一艘火轮船，加大马力开过，轮下溅起一人多高的水墙，湿你全身。然而我浑身湿透，已经不在意这个了，出租车司机能缺德就缺一下德的品性在人民群众面前又暴露了一下。

在雨中跑步很舒服。如同说一个人搞冷水浴时跑了五公里，一举两得，德艺双馨（究竟什么叫德艺双馨我也不清楚，好像跟古代人有关。我认识的好几个人都获得了这项政府奖励），速度可快可慢。想，雨水带着我的体温汇入大街的积水中，流进地沟。那些撑伞的、穿雨披的人在逃离这场雨。而跑步的人在享受着雨，多么愉快。而雨不服，拼命下，恼怒于我的悠闲。没啥，雨再大就改游泳，岂不更好。

在雨中，我穿梭于人们的白眼之中。但也遇到了崇拜者，即孩子。他们瞪大眼睛看我，如视英雄。那么，我就把这次跑步看作是送给孩子们的倾情表演吧。

第六辑　树

白桦树上的诗篇

穆格敦是我在图瓦认识的猎人,他自称是诗人。他灰胡子灰眼睛,说话时眼睛看着你的一切动作,好像你是随时可以飞出笼子的小鸟儿。

穆格敦会说十分流利的蒙古话,他说是小时候背诵蒙古史诗《江格尔》时学会的,用词文雅体面。

他住的房子是用粗大的松木横着垛成的,在中国东北,这种房子叫"木刻楞"。

他说:"你是作家,我是诗人。我们两个相会,像天上的星星走到一起握手一样让人感动。你会向我学到许多珍贵的学问。"

"是的。"我回答。

"唉!"他叹口气,"我要让你看一样东西,一首诗,它的题目叫《命运》。"

穆格敦从木床下面拎出一只桦树皮做的箱子,放在桌子上,刚要打开却停下来,走到窗边,指着远处一棵树说:"就是它。"

"它也是诗人吗?"我问。

"你的问话很愚蠢,但我原谅你。它是一棵树,这个桦树皮包里装着它的子孙的命运。"

那是一棵白桦树,独自长在高处,周围没有其他树,地上开着粉红色的诺门罕樱花。

"回头。"他说着,打开了箱子。箱子里装满了金黄的桦树皮,上面写着字。

"每片叶子都写上了字,是我作的诗。"

我等他说下去。

"你为什么不问后来呢?"穆格敦说。

我问他:"你在桦树叶子上写满了诗,后来呢?"

"这些诗是用岩羊的血写上去的,一百年也不会褪色。你知道我写这些诗多不容易?"

"创作是艰难的。"

"不对,我越看你越不像个作家。创作很容易,创作诗最容易,比吃蔓越橘果实还容易。"

"后来呢?"我问。

"那时候,这些叶子还长在树上。我不能为了方便我写诗就让它们掉下来。我搬了梯子,在每一片叶子上写满了诗句,我的腿站肿了,胳膊比酸浆果还要酸。"

我仿佛看到金黄的桦树叶在枝头飞舞的场景。我问:"你为什么这样做?"

穆格敦很高兴我这样问他,说古代的诗人都这样。他左手握一把干枯的树叶,右手拿出一片,念:"德行就是你把喝进嘴里的酒运到身体里的各个地方。"

他抬眼看我,"好诗。"我说。

他念:

"羚羊的气味在岩石上留下花纹。

"野果因为前生的事情而脸红。

"人心里的诚实,好像海边的盐。"

"都是好诗。"我说。

他瞟了我一眼,"叶子背面还有字呢,这个——'下雪前一日,在三棵榆树的脚下,离家一公里。'这个——'已经穿皮袄了,独贵龙山项的石缝里。'"

原来,穆格敦在白桦树的每片叶子上写诗做了记号,秋天至,风把这些叶子吹走后,他走遍大地——找回来。他在找回来的树叶的背面再写上地点和气候。

我不得不说他是一个真正的诗人。

"你为树叶找回它们的孩子,找回来后,用树叶在树干上蹭一蹭,它知道它回家了。"

"在霜降的大地上,你眼睛盯着草地,当你发现一片有字的桦树叶时,就知道那是我写的诗,是我要找的叶子。"

"有一片叶子飘进了水里,我游过去,十月份,水已经很凉了。但它不是我找的树叶,是楸树的树叶,但我也把它带上了岸。"

"最远的地方离这棵树有五公里,我不知道树叶带着我写的诗怎么会走了这么远的路。"

"可能有一些树叶被鹿吃掉了,有一些埋在雪里已经腐烂,我还在找它们。"

"你题诗的叶子一共多少片?"我问。

"989片,我找到了261片。"穆格敦笑着说,"如果我在死亡之前能找到700片树叶,已经很不错了。"

跑步浪费香味

早晨从库伦沟林场的招待所醒来,感觉像花朵从露水中醒来。后窗连着山坡,茂密、修长的青草上面长满了野花。花朵好像刚看完戏,还在睁大眼睛回忆剧情。前窗的对面垛着伐下时间不长的红松,鳞片还是新鲜的,松脂的香气整夜在我的房间中萦绕,梦境仿佛镶嵌了琥珀。

出门跑步,山坡传来群鸟的喧腾。我几乎不想跑了,想钻进山里把藏在暗处的小鸟一只只揪出来,看是什么样的鸟在唱这些歌。人的眼睛没什么能耐,见到的只有松树,见不到鸟。这里的空气比刚开瓶的香槟气味还香。人在城里待久了,连街道垃圾都辨不出臭味,鼻子在这里像一只刚刚被救活的狗。没想到,大地上竟有这么多种香气,让人眩晕,好像香味挤跑了血液里的氧。香味在脑子里冲撞,人走起路来跌跌撞撞。我有些舍不得大口呼吸,这么好的空气用来跑步呼吸都糟践了,应该慢步走小口吸气,跑步浪费香味。

水泥大道笔直通向远方,没有车过,好像白修了。水泥路上稻草袋子的花纹依稀可辨，真没怎么过车。跑吧，在这里跑步是专场，周围一个人都没有，只有天空上的白云和藏在树里看不清的鸟。皇帝跑步也不过如此待遇——我对自己说——虽然没听说哪个皇帝跑步。正在想，忽见路边房顶站三四个砌砖的人，他们停下手里的工作，看我跑步。他们的脸像砖一样烂红，身上彩色的半袖衫已被晒褪了色。我看他们，他们不好意思了，低头砌砖，弯腰时偷眼觑我。

跑出三公里，路边彩旗招摇。一块横幅写"欢迎来到××庄园"。我从彩旗的夹道跑进去找这个庄园，跑了两公里也没见什么狗屁庄园，并想象好多人拐进来找不到这个庄园而折返，庄园因此破产了。当然，真正上这个庄园吃与宿的人，都是开车人而非跑步人。因此，他们还是破不了产。两公里的夹道彩旗证明他们活得很好，至少有流动资金买几百面彩旗在风里飘。

回到大道上慢慢地跑，心情好，想唱歌并感到会唱的歌太少。在这么好的环境里，一口气唱一百首歌一点也不为多，把歌唱草原的、歌唱河水的、歌唱爱情的、歌唱母亲的、歌唱友谊的歌唱一遍，才跟周围景色配套，当然还应该歌唱瓦匠、彩旗和松树。作曲家为什么不谱歌唱瓦匠的曲呢？他们住的房子难道不是瓦匠搞的吗？我愉快地胡思乱想。左边草原出现牛群，三四十头，像红色、黑色的石头堆在薄雾里，牛群后面是一片桦树。桦树长在平地而不是山上，它们仿佛只愿意跟修长的青草长在一起。白桦林那么密，像挽着裙子的姑娘们相互拥挤。白桦树纤细秀美，有的两三株长在一起。它们叶子碧绿，比涮火锅的青菜还要绿，衬出树干的皎白静美。人进白桦林里更应该唱歌了，不一定非唱俄罗斯歌，唱哽咽的日本歌也行。

桦树林边上有小河，呼伦贝尔人称之为"沟塘子"。小河四五尺宽，青草作岸，草长二尺高，仿佛是河的伪装衣，不让别人发现这有一条静静的河。阿荣旗的伟大——但愿我使用"伟大"这个词不会让人惊讶——是由于这里没开矿、没破坏草原。它的土地上流淌着成百上千条小河,藏在深深的草丛里。多么好的植被才涵养出这么多条小河?熙熙攘攘的小河证明这里山深林密、草长莺飞,小鸟和白云在此安居乐业。拨开草丛,见到了河水。河水因为没见过人而害羞,扯过天上的云影遮挡面容。探身看,河里游着土黄色的小鲫鱼,水底有未腐烂的蓝莓果和红色的山丁子。小河是遮着绿色面纱的闺女,她们在草丛下奔跑,去了不知名的远方。站起身远望,大草原似一片无接缝的绿毡,见不到小河的踪影。

在这样的地方跑不了步,跑步大师来到这里也要走走停停。眼前美景太多,把工夫全耽误了。人跑着跑着,心已飞向远处。我不止一次跑下公路,看白桦林、看小河、看草叶上的露水,甚至出现幻觉,想跑到堆在天边的矮矮的云彩垛里瞧瞧。想不到,完好保护自然环境,世间竟有说不尽的美景,这里即使不算仙地,也算一个人一生很难遇到的奇境。

上帝的伏兵

有一只粉色的小虫子在空中旋转,好像它是一只小虾,在空气的水里下沉。这是我在桑园练拳时看到的。但我知道,谁也不能摆脱地心引力,包括虫子,它的头部或尾部必有一根丝悬着。

我俯身,看它舞蹈。此物也是壮士,从口里或腹内泌出绳索,且出且下,转着圈儿,不惧脚下深渊,也不怕这丝吐半道不够用。但我还是看不清那根丝,近视。

雨后的太阳迸然而出,像把云彩的棉絮挣破了。阳光洒过来,照见虫子上方一根银丝,闪亮。

我把树枝小心抬起,看丝缚在哪里。却见:这个宽如老鹰翅膀的树枝下面,悬藏着密密麻麻的"雨滴"。我惊讶了,这些雨滴向我闪烁千百之眼,而且圆圆地要坠下去,警告我松开手。是的,我发现了造物的机密,便战战兢兢松开手,仿佛掉下一滴水都是我的罪过。

它们是上帝的伏兵,正在监视那只粉红的小虫往地面降落。

树的尽头

琴、乡下的门窗、板凳、寺庙里的木鱼,这些东西的前身是同一样东西——树。

它生长的时候,人们叫它树。树离开大地之后,叫作木头、叫黄花梨木大床、叫紫檀木棋盘、叫炒菜马勺的把。木头当年在树们的岁月里,身上长满绿叶,沾着露水,是鸟儿的家。当白箭的急雨斜穿而过时,树像顶着雨赶路。雨在树的脚下噼啪打出水花,树身像雨衣一样反光。树木奔跑,直到眼前出现一片野花。

树叶让树丰满,如同大鸟。树在树林里度过了一生最幸福的时光。

小时候,我家东面有一处锯木厂,每一天都传来电锯声,包括木头锯透后电锯发出的袅袅余音。我从三四岁就听到这种尖锐的声音,七八岁时,同家属院的小孩一起参观这个厂。锯出白碴的方形木料堆有三层楼高,让你产生幻觉,好像你变成一只蚂蚁仰视火柴盒里的火柴棍。院子里全是松脂的香气,松树的红色鳞片堆满地面。现在想,我老家一个小锯木厂里,半米宽、半米高、十几米长的松木方料竟堆积如山，这么粗的松树得长五百到一千年，这是何等富有啊！我长大再没见过这么粗的松木。五六个工人把松木的一头抬上操作台，工人用肚子顶着松木推向电锯，"吱——"电锯怪声怪气地叫嚣，松脂香气愈发浓重。我觉得锯木的工人已患有成瘾性疾病，他们见到所有的树都想用肚子和肩膀顶向电锯，把浑圆的树变成白碴、有纹理的方料。离一垛垛的方料不远，是一条铁道线，木头从兹前往各地。

  树不知自己身上哪一部分变成门。这一部分树变成门之后，成了一个家最重要的成员，它叫门，古语称之为户，替这家遮风挡雨。这家人每天用手摸到门，开门关门。门远离森林已经很久，绿叶和露水永不再来。门上有锁、有玻璃，没人再记得它曾是一棵树，是树身上的一部分。门上年轮的花纹被漆覆盖，花纹在漆的黑暗里回忆森林的绿荫。

  有的树变成琴，只用一小块木料，制成琴杆和共鸣箱。琴是树最为文艺的出路，发出乐音并倾听乐音。在音阶的五个全音和二个半音的无穷组合中，琴身的木头听遍了人间苦乐。旋律使它们迷了路，忘记了森林的一切。不同的树让琴声明亮、幽怨、沉思、多情。用放大镜看木板，是无限穹庐，像蜂窝一样，藏着无数小共鸣箱。

  木鱼是寺庙的法器。鱼日夜睁着眼睛，僧人以木雕鱼做成响板，取警醒之意，戒怠倦。木鱼的声音幽远、玲珑，是另一种梆子。树成了鱼之后，以声音在寺院的静水里游来游去。

树活两辈子

每棵树身上都有两辈子,它们把两辈子放在一起活。

树的枝叶果实是它的青春。阳光均匀地涂抹在每一片叶子上,同时没忘记晒红苹果的脸。树叶有青春的好奇心,会用手掌捧一只毛虫看,看它吞吞吐吐爬向树干。树在夜风里丢弃了睡意,计算风吹落了多少颗露珠,听河流莫名其妙传来跳水声,好像苹果连夜逃逸。树最喜欢星星,以为那是天空密林上挂的灯笼。这些灯笼隐身复浮现,好像往人间传送神秘的灯语。灯笼旋转,东方出现鱼肚白时,一盏盏熄灭。

根是它的暮年。根在黑暗里呼吸,呼喊水的名字,它的邻居是昆虫。根的世界叫作土壤,正如树的世界叫空气。树根熟知土的话语,它们常说的词汇是紧密、湿润、水和干涸。土是大地的躯体,大地的臂膀、肌肤、内脏和灵魂全是这一层厚土。土做的砖、土垒的城墙,根在土里活了一辈子,就像树的枝叶果实在阳光和空气里活了一辈子。

树根比老人的手还老。树根何止于吸收水分,它要牢牢抓住土地。

从树冠传来的风的力量扭动树根，根而非树干在与风角力。徐志摩说"不知道是从哪一个方向吹"，根也不知风从哪个方向吹来，为什么要撼动树？树根在与风的角力中得到"大力士"的称号，它的手像铁匠一样骨节突出，或者像一只放大的鹰爪。悬崖的树，根比鹰爪更坚利。它们用根抓住岩石，用树枝抓住风，争夺一席阳光。

根没见过阳光，一辈子从未见过太阳的模样。树叶把太阳的能量源源不断传输到根须，根感到阳光是让躯体膨大的力量。根想象阳光是一片水，淹没了大地，如金针刺破所有屏障。根看不到光的亮，却感受它在奔跑。阳光在树的脉络里跑得比水分还快。阳光像海水那样一波一波涌来，送来粮食和热量。

树活两辈子。树叶是树的孩子，根须是父母。父母在泥土里当地基、当抽水机、当风的对手。根须其实不懂树叶的快乐，也不知果实的滋味，只习惯于劳动。叶子在风里簌簌唱歌，与小鸟捉迷藏。树叶向往远方，猜想地平线发生的事情。叶子甚至盼望秋天来到，让它脱离树干，在大地奔跑。

根看不到树叶的足迹，果实被车拉到了远方。当光秃秃的权丫落上一层冬雪时，根在寂静的土里深眠。冬天戒严了，水与昆虫都在休息，树的根须放松了筋骨。大地上的生灵在冬季休息了，冰雪让它们停止一切活动，全体护生。

树根在三个多月的睡眠后返老还童。春天的脚步先从昆虫的翻身声里发出，水醒了，打听哪一天是立春。当春风摇动树干的时候，根须知道春天到了。根须一天被春风摇醒一百次，让它准备嫩叶、准备蓓蕾、准备树叶和花朵的衣衫，树根开始为儿女准备所有好东西。

树叶和花见到春天后开始歌唱，有合唱与独唱。歌声传到树根，树根不断把水送上去，让它们润润嗓子。

树木有梦

树在冬天惊讶着人的美丽,他们彩色的衣装使树显得粗伧。这是在北方。

树在冬季变成了身穿统一制服的士兵,青或褐都罩在乌蒙蒙的灰里。它们不知人类用了什么样的办法,仍然像夏天那么鲜艳。

树是冬天的穷人,叶子被秋天收走了,不知存到了什么地方、以后能不能送回来。夏季的泥土抢走了树的花朵,雨水把花瓣冲到远处,连鸟儿都找不到。

小鸟怀念绿荫,那里有许多秘密。鸟儿仔细观察叶子的手掌,为它们算命。许多叶子哗哗伸出手,让小鸟看自己的爱情线。

冬天只有人类美丽。他们在皮衣和羽绒服上佩以彩色的围巾和手袋,集中了好多花的颜色。他们在街上停下来,说话,然后笑。如果哪一株树这么鲜艳,也要笑,用树叶弄出声响。

街上,绚丽的小孩毛衣挂在两株树当中的绳子上,袖子在风里摆动,像跳舞。这是下岗女工卖的,批发价。树们不懂,这么好看的毛衣,为什么没有人买?它们已经挂了很多天,而且行人并不看这些毛衣,连小孩也不看。树惊讶,就像它们不懂什么是下岗一样。

然而,冬天的太阳很暖,树们抵御睡意是很难的事情——梦像天边的云彩一样悄悄走近。当鸟儿飞下来的时候,常被尖尖的树杈吓着,怕扎了自己的脚。再说,鸟儿也不喜欢挂在树梢上的哗哗响的塑料袋,比麦田的稻草人还吓人。鸟儿觉得还是在屋顶栖居比较好,包括大烟囱的铁梯和没有学生上课的教室的窗台上。树在暖日熏陶之下入梦,虽然它们不承认自己睡,说听到了卖菜人吵架的声音,但它还是睡着了。天太蓝,睁眼看一会儿就睡了。在梦里,它发现蚯蚓鼓鼓捣捣准备铲子和水桶,蚂蚁开会布置春季防汛。有两个小鸟在谈话:

"我要用明年的桃花做一个最好的巢。"

桃花?哪里有桃花?树想睁眼看一下,但睁不开。

另一个鸟儿说:"我要用树上的露水漱口,这样,有助于练习美声。"

树懵懵懂懂地想:这些鸟儿在做梦吧。当然,露水和鲜花都是好的东西,仅次于人类那些美丽的衣服。

树墙那边

一个小孩对着树笑。

树，修剪成平直的墙。从楼上看，像国宾检阅时走过的地毯，绿的。

孩子两眼出神于一处枝叶，他把手背捂在嘴上，抑制笑声。就笑容的奇异而言，说这孩子目睹了人间奇迹也不过分。如大人突然摸到了巨奖的彩票。

这孩子五六岁，穿戴挺好，后脖颈汗迹成绺，才运动完。他头上的分印露出青白头皮，眼睛被笑容挤成一条缝。

看什么呢？我被诱惑下楼，来到桑园。

在绿叶青葱的树墙上，一只橙色的甲虫试图将一具蛹壳运走。蛹壳上缚着丝，高挂在上方的柳枝。甲虫一推，蛹壳像荡秋千一样吊起来，使甲虫落空扑地。这时，孩子就耸肩笑一阵。

在孩子眼里，这么轻易就找到大快乐。而且他们快乐的种类这么多。这是上帝的偏心眼造成的，它使孩子们天真。

松　塔

松树像父亲,它不光有朴厚,还有慈父情怀。松树的孩子住的比谁都好,小松子住在褐色精装修的房子里,一人一个房间,人们管它叫松塔。

松塔与金字塔的结构相仿,但早于金字塔。人说金字塔的设计和建造是受到了神的启发,而松树早就得到过神的启发。神让它成为松树并为子孙建造出无数房子——松塔。

在城里的大街上见到松树,觉得它不过是松树。它身上的一切都没有超出树的禀赋。如果到山区——比如危崖百尺的太行山区——峭岩上的树竟全都是松树,才知松树不光"岁寒,然后知松柏之后凋也",凋不凋先不说,只觉得它们每一株都是一位圣贤,气节坚劲、遍览古今。

或许一粒松子被风吹进了悬崖边上的石缝里,而石缝里凑巧积了一点点土,这一点土和石头的缝隙就成了松树成活五百年的故乡。事实上,被风吹进石缝里的不光有松子,各个种类的树籽和草籽都可能被风吹进来，但活下来的只有松树和青草，而活得卓有风姿的只剩下松树。

松树用根把石缝一点点撑大，让脚下站稳。它悬身高崖，每天都遇到劲风却不会被吹垮。我想过，如果是我，每天手把着悬崖石缝垂悬，第一会被吓死，第二是胳膊酸了松手摔死，第三是没吃的东西饿死，第四是被风干成木乃伊。而松树照样有虬枝、有凛凛的松针，还构造出一个个精致的松塔。

松塔成熟之后降落谷底——以太行山为例——降落几百上千米，但松子总有办法长在高崖，否则，那崖上的松树是谁栽的呢？这里面有神明的安排。神明可能是一只鸟、一阵风，让松子重返高山之巅成为松树，迎日月升降。

每一座松塔里都住着几十个姐妹兄弟。原来它们隔着松塔壳的薄薄的墙壁，彼此听得见对方梦话和打鼾。后来它们天各一方，这座山的松树见到另一座山的兄弟时，中间隔着深谷和白雾。

像童话里说的，松子也有美好的童年。第一是房子好，它们住楼房，这种跃层的楼房结构只有西红柿的房间堪与媲美。第二气味好，松树家族崇尚香气，它们认为：大凡万物，味道好，品质才会好。于是，它们不断散出清香，像每天洗了许多遍酒精油的热水澡。松子的童年第三好的地方是从小见过大世面。世间最大的世面不是出席宴会，而是观日出。自曦光初露时，太阳红光喷薄，然后冉冉东升。未见其动，光芒已遍照宇宙，山崖草木，无不金光罩面，庄严之极。见这个世面是松树每天的功课，阳气充满，而后劲节正直，不惧雨打风吹。松树于草木间极为质朴，阳气盛大才质朴，正像阴气布体才缠绵。阳气如颜真卿之楷书，丰润却内敛，宽肥却拙朴。松树若操习书法，必也颜体矣。

松塔里垒落着许多房子，父母本意不让兄弟分家，走到哪里，手足都住同一座金字塔形的别墅。但天下哪有不分家的事情?落土之后,兄弟们各自奔走天涯。它们依稀记得童年的房子是一座塔,从外观看如一片片鱼鳞,有点像菠萝,但更像金字塔,那是它们的家。小时候,松子记得松树上的常客是松鼠,它仿佛在大尾巴上长出两只黑溜溜的眼睛和两只灵巧的手。松鼠经常捧着松塔跑来跑去。

月光下,松塔"啪"地落地,身上沾满露水。整个树林都听到松塔下地的声音,它们在房子里炸开了,成为松子。从此,松子开始天涯之旅,它们不知自己去哪里,是涧底还是高山,这取决于命运的安排。它们更盼望登上山巅,体味最冷、最热的气温,在大风和贫瘠的土壤里活上五百年,结出一辈一辈的松塔,让它们遍布群山之巅。

走不过边境的树

我在俄蒙边界见过一棵树,姿态奇特。那一片戈壁寸草不生,像矿石一样大小均匀的白石块分布在干燥的红土上,土像晒过的烟草叶子一样红。这里只有一个植物,就是这棵树。

它的树皮灰白,主干在一米多高处向后倾斜,像人的腰向后弯。仅有的两根树枝向前伸出,远看,如一个人捧献哈达。不知什么人在两根树枝之间系了一条丝制的白哈达。风已扯烂了哈达,碎片在风中飞。

蒙古国的东方省在树的背后,它献哈达的方向朝着俄联邦的布里亚特共和国和更西一点的贝加尔湖。

早上,这棵树的影子很长,两根树枝在地上的影子分得很大,像伸开双臂的巨人的怀抱。树在头顶长了一小簇叶子,如一个帽子,那是这里唯一的绿色和叶子。在影子里,这些圆圆的树叶是巨人的头发。

我把一条蓝绸哈达系在前伸的两根树枝上。哈,好得很。影子里的巨人平端着很宽、很长的哈达,献给了西方。早上,旭日像一个红探照灯在东方的地平线举起半轮，土地变得更红，石头半红半白，牛群在如同燃烧的河边饮水。我想起一位和胰岛素有关的科学家的名字——牛满江。

我觉得这棵树通灵，它身体后仰如唱长调。长调的尾音很长，人须把肚子里的气吐尽，身子要尽量后仰，哈扎布就是这样。这棵树的树枝是弯曲的，所谓虬枝，好像伸了很多次（或很多年）才伸出去。我想象树冠下面的树皮是它的脸，皱纹早就刻上去了，还应该有一双眯起的眼睛（仰面歌唱不可能睁大眼睛），是蒙古人细而小的眼睛。眼睛下面是一个鹰钩鼻子和唱歌的嘴，胡子在高颧骨下面翘起来，像灰鸟的翅膀。

布里亚特——贝加尔湖西岸，是许多蒙古人最初的故乡。一位住在乌兰乌德山上的大萨满师说，我的祖先曾生活在贝加尔湖岸边，敌不过入侵的沙皇军队才退到了如今蒙古国的东方省。

贝加尔湖像海一样辽阔但比海安静。我早上沿着湖边的公路跑步，见到踉跄的醉汉。公路两边无村庄，不知醉汉从何处走来。他们耷拉着脑袋，像寻找自己走过的脚印。贝加尔湖的丰满把天比小了，天在湖的衬托下显出窄，云朵也少。贝加尔湖最深的地方有六十米，里面不知藏有多少神奇的生物。我看湖似无所见，找小的东西看，那就是鸟。我坐在岸边一尺厚的松木椅子上看鸟，两三只白鸟飞来，长而尖的翅膀如握着闪银光的刀鱼，盘旋远去再回来——其实飞回来的是另一拨儿鸟。我觉得鸟最容易让人想起故乡，而它离自己的故乡最远，它的翅膀让它终生流浪。蚂蚁一生所走的路都没离开故乡。我想象这些白的鸟、黑的鸟是我的祖先，他们不知从何处迁徙到了贝加尔湖。这是多么好的地方啊，他们一定这样想，可以祖祖辈辈住下来，之后又迁走了，就像鸟。鸟找不到一个好地方吗？为什么老飞？它要去的地方叫——宿命。

我想象这些鸟在空中发现了我，它们以为发现的是我的祖先，我至少在相貌上像他们。水鸟用两把银白的长刀划破腥味的空气，橘红的爪子贴在肚子上。它们盘旋，看我有没有翅膀和红爪子。我身上勉强可以称之为翅膀的东西只有耳朵。鸟越飞越低，降落到离我头顶不高处再挑起来，鸣叫声如——欧嘎，似乎要带我走。欧嘎是什么暗号？我对鸟也说——欧嘎，让它慢慢体味吧。

我如果能够跟鸟走就好了，我先飞回中国看我爸我妈，告诉他们贝加尔湖的见闻，然后说——欧嘎。他们大为惊讶，上上下下看着我。我再说一声欧嘎，我爸会缓缓地说，贝加尔是蒙古语自然的意思，那是我们很久很久以前的故乡。欧嘎，我说。

鸟的翅膀会扇动游人全部的思乡之情，俄蒙边界那棵树分明想回家，它的家也在贝加尔湖的边上。这棵树可能是人变的，也可能是鸟变的，总之它想回故乡。最为触目的是这棵树离边境线只有十来步，但它过不去了，只好伸出双手，只好仰面高唱。

在南西伯利亚，说树会变成人、人会变成鸟丝毫引不起别人的惊讶。布里亚特的导游晓布告诉我，他家一只黄母鸡被大风刮进了山里，三天三夜之后回到了家，羽毛变成了紫色，但比薰衣草的颜色浅。这只鸡下的鸡蛋里面包着一只鸽子蛋。他说，在巴扬（纽扣手风琴）的纽扣上洒一点燕麦蜜、一点羊尿、一点贝加尔湖的水，它的音色就像老人一样嘶哑，半夜里会自动演奏图瓦民歌。他说，黄眼睛的人拔掉两颗牙之后会跟自己的小姨子结婚。

假如把燕麦蜜、鸡蛋里的鸽子蛋、羊尿和黄眼睛人的牙都堆在这个手捧哈达的树的脚下，能不能让它行走？我把这些蛋、尿和蜜喝下去，身上背起巴扬，能不能见到我的祖先？大萨满师说他们来过了，来看我。我仿佛见到了他们——十六世纪的军官和医生，他们和我的脸形一样、气味一样、板牙一样。他们聪明，但会突然办一件愚蠢的事，我就这样，好在意归心窍、平静如初了。

我舍不得这棵树，在黄昏里，它的形影让人不忍离去。你献给贝加尔湖的哈达不要再捧着，让风把它吹进湖里吧，而飞过此地的鸟也会把此景告诉贝加尔湖。边境只有几米远。如果该死的俄国人不侵占西伯利亚，这一片还是蒙古人的土地。

第七辑　草

凹地的青草

春凌水漫过的丘陵地，冒出浅青草。春凌实为春天的洪水，带着冰碴，也带肥黑的土。土把这片丘陵地的沙子踩在脚底下，土好像自己身上带着草籽，在无人察觉间悄悄冒出芽。凹处的草芽尤其多，长得高。草像埋伏的士兵，等待初夏冲出去和草原的大部队会合。

我在河坝上走，看远处走过来一位羊倌。羊倌肩上背半袋粮食，肋下抱一个旧电视机，几只羊跟在他身后。我弄不清他到底在干什么，是领着羊上公社开会，还是拿旧电视机换羊。

三只大羊紧跟着羊倌，脸快贴到他裤子上了。羊好像身在城里的大街上，怕走丢了。从大坝上远望，漫一层河泥的丘陵连接天际，青草像被风吹去浮土露出的绿玉。

唯一的小羊羔跟在大羊后面边走边嗅才钻出地皮的青草，似乎检查它们到底是不是一块玉。我觉得羊羔是牧区最可爱的动物。如果让我评选人间的天使，梅花鹿算一位，蜜蜂算一位，羊羔也算一位。羊羔比狗更天真，像花朵一样安静。它的皮毛卷曲，像童年莫扎特弹钢琴时所戴的假发。

羊羔嗅一嗅青草，跑开，去嗅另一块片草。

草和草有不同的气味吗？人不明白的事情其实很多。青草在羊羔的嗅觉里会不会有白糖的气息、蜜橘的气息、母羊羊水的气息？不一样。羊羔不饿，它像儿童一样寻找美，找比青草更美的花。露珠喜欢花，蜜蜂喜欢花，云用飞快的影子抚摸草原上的花。纽扣大的花在羊羔的视野里有碗那么大，花的碗质地比纸柔润、比瓷芳香。花蕊是细肢的美人高举小伞。

早春的花还没有开，草原五月才有花。花一开就收不住了，像老天爷装花的口袋漏了，撒得遍地都是。一朵花在夜里偷着又生了十朵花。五月到六月，草原每天都多出几万朵花。鲜花你追我赶，超过流水。五月是羊羔最欢愉的时光。

小羊羔干净得跟牧区的环境不协调。羊羔站在牧人屋里泥土的地面，仿佛在等人给它铺一块织着波斯图案的地毯。以羊羔的洁白，给它缝一个轿子也不为过。

大羊走远了，凹地的羊羔还在低头看，好像读到了一本童话书，写蚂蚁和蚯蚓的故事。大羊跟在羊倌后面跑，像怕羊倌把电视机送给别人。羊倌走过来。他裤脚用鞋带系着，戴一只滑稽的绒线帽子。我问：哪个村的？他回答：呼伦胡硕村。我问：扛着电视放羊啊？他答：从亲戚家搬个旧的，安到羊圈里，让羊看看电视剧。

牧区常有像他这样幽默的人。

草垛里藏着一望无际的草原

草垛如同干草的房子,但里面不住人,也不住动物。这座草的房子没有厅室、没有门,也没有窗户。我在拜兴塔拉乡住的时候,把一扇没人要的旧门摆在牧民额博家的草垛上,远看草垛像一个蒙古包。额博哈哈大笑,说你是一个热爱家的人啊。

那些日子,我没事绕着草垛散步。额博的老婆玉簪花说,狐狸才这样围着草垛转,假如有一只老母鸡在草垛里抱窝的话。

我不在意玉簪花的玩笑,她脸上布满雀斑像一个芝麻烧饼。

额博有三个草垛,它们是牧畜过冬的牧草。现在开春了,三个草垛只剩下一个,额博家的牛羊在六月份青草长出来之前靠它维生。草垛如一只金黄的大刺猬,蓬松着蹲在瓦房前。房前停一辆蓝色的摩托车,洋井上挂着马笼头。我观赏这个草垛,并不因为它是牛羊的口粮,也没想跟牛羊抢这堆口粮。我在惊异——见到草垛我每每惊异,这么多草从土地割下,一绺一绺躺在一起。草从来没想过它们会像粉条似的躺在这里吧?

我从草垛上看到一望无际的草原。草原上的草不躺着,它们站立在宽厚的泥土上,头顶飘过白云。早上,曦光从山顶射过来,草尖的露水闪烁光芒,好像手执刀剑。六月末,大地花朵盛开。花朵像从山坡跑下来,挥动红的、黄的和蓝的头巾。城里人习惯用花盆栽花,花在家具之间孤零零地开。草原上,大片的花像没融化的彩色的雪。花朵恣意盛开,才叫怒放。开花只是草在一年中几天所做的事而已。

野花夹杂在草里,和草一同嬉戏。花朵如一群小女孩,甩掉鞋子跑到了草叶身后捉迷藏。明明没有风,却看见草叶的袖子摆动。草浪起伏的节律,让人想到歌王哈扎布唱蒙古长调的气息。歌者把腹中所有的气吐尽,吸气时喉间颤动。气息沿上腭抵达颅顶,进入高音区并轻松地进入假声。这种演唱方法如草浪在风里俯仰,深缓广大,无止息。在哈扎布的演唱中找不到一个接头,找不到停顿或换气口。像透明的风,一直在呼吸却听不到风的呼吸声。

风在草里染上了绿色,它去河水里洗濯。风的绿色沉淀在河底的水草上。水草的大辫子比柳枝还要长,在水里得意地梳自己的辫子,散在斑杂的石子间。水草根部藏着鬼鬼祟祟的小鱼。这些泥土色带黑斑的小鱼只有人的指甲那么长,不知会不会长大。草原的深处,暗伏很多几米深的小河,有小鱼小虾。

草对于草原,不是衣服,更不是装饰。草是草原上最广大的种族,祖祖辈辈长于此地。白云堆在天上,如一个集市。如果地上没有草,剩下的只有死寂。草把沟壑填满,风里飘过一群群鸟的黑影。小河如同伸出的胳膊,上面站立白云的倒影。草的香味钻进人的衣服里,草的汁液浸泡马蹄。

草们如今成了额博的干草垛。它们一根挨一根躺在一起回忆星光和露水。摸一下,草叶唰唰响,在夏天草发不出这样的声音。我在心里算这些草在草原能占多大的面积,十亩?还是五亩?算不出。只好说，它们是很大一片草。草绿时分，蝴蝶在上面飞，像给草冠插一朵花，过一会儿又插到别的草冠上。草棵下面爬过褐黄的大蚂蚁，举着半只昆虫干枯的翅膀。不远处小河在流淌，几乎没有声音，水面光影婆娑。花朵高傲地仰起头，颈子摇动。月亮升起后，草叶沾满露水，如同下河走了一圈儿。

如今它们变成草垛，变成一个伪装的房子，身边放一个油漆剥落的旧门。我像狐狸一样围着草垛转，嗅干草的香味。干草的甜味久远，仿佛可以慢慢酿成酒。

草言草语

对春天,阿斯汗说"草暴动了"。

我当即对他刮目相看,说:"你说得挺好。咋想起'暴动'这个词了?"

阿氏显见没有批评家的诠释才华,说:"你看,这不是,哪儿都是草,包围咱们了。"

草包围咱们了,说得好。我对敝外甥进行鼓励,说:"你呀,好好念书,长大……"

"咦?"阿斯汗从地下捡起一个瓶盖,大声说:"这是雪碧的盖。"

我的表扬连头还没开呢,不说也罢。对儿童,在许多情况下,赞扬都不如雪碧的盖更有价值。我们穿过火花路,再往前就是煤厂,顺墙根一直走,就直接上南山了。

到处都是草,草不择地而生。在人们看来是肮脏的墙角,草伸出干净的叶子。如果没有人的践踏,没有水泥和沥青路面的遮蔽,草会长满所有的土地,像练字的人不放过纸上的每一块空隙。草爱热闹,是群居的生物。它们相互拉扯着袖子与衣襟，挤满了土地。

　　草的突然出现，好像让人相信一个道理，什么道理？不一定能说清楚，大约是在我们看来无生气的大地上，始终流动着数不清的生命。在我看来，冰雪没有把草冻死是一件奇怪的事，也是让人感动的事。这里面的道理不是斗争，而是和谐。大自然是最为高明的精算师，在妥协和激进中让所有的生灵都有一个位置。

　　草暴动了，这是阿斯汗对春天的一种比较吓人的说法。看到草和树上懒洋洋的杏花，我觉得春天也暴动了。如果看到开河的江水，冰块汹涌而下，更能体会"暴动"的力量。

　　在春天，还有什么没暴动？昨天我甚至看到了一只蝴蝶，它像一位初愈的病人，在灌木中软弱地飞舞。

　　说来说去，是说人对春天不能无动于衷；面对着草——上天在一夜之间送来的如此众多的礼物，也不能无动于衷。想说却说不出阿斯汗那种别致的话——草暴动了。小孩真敢说。

风吹草动

五月上旬的一个星期天,我骑车去辽宁大学操场跑步,没按惯常路线走,转道从礼堂那边绕行。

接近篮球场时,看到方形草坪上,草叶闪闪发光,马兰在树墙外悄悄开放蓝花。老校工在剪树。

草坪的草是咱们说的进口品种,娇嫩翠绿如染织的地毯。而比地毯更高明处在于草们在风的驱赶下做出的精致舞蹈。洋草修长柔韧,色泽是画家笔下才有的晶莹的浅绿,而草叶背面在绿中衬一抹银灰。透明的风在这里和草开展欢愉的游戏。有时草叶急急如"之"字蛇行;有时像波纹一圈圈荡开,仿佛投入了石子,或者如体育场上的观众臂膀相牵此起而彼伏的场面。面对这些美丽不知疲倦的草叶,你尽可以想象它们在骑马、哗变、演习八卦掌(团体项目)与诺曼底登陆。谁知"风吹草动"四字在此竟有如此生动的演示。这与我在草原和乡村看到的草景都不同。后者是民众,这边是草舞蹈团。我甚至想冒着挨骂的危险说:"还是外国的草好啊!"或"还是外国劳动人民的草好!"

此时是下午，天边摆满五月的白云。雨才歇，蝴蝶和蜜蜂都没有出来，楼角上的广播喇叭里传出学生播放的知识稿件——海洋资源远远多于陆地资源。与"草舞蹈团"隔一道树墙的是一排马兰，开着淡蓝的花。它们像一群蹑足而走的乡村姑娘，十七八岁，想引人注意又怕异样的目光。我忽地想起萧娴笔下的兰花，也是这样轻盈淡雅。此画是一本杂志的封底，二十年前糊在我家裂缝的门板上挡风。我为想起这幅画以及萧娴的名字而惊讶。在都市里，一个人被裹挟于车马人流之间，偶尔脱身却见马兰花静姝一隅，你甚至不好意思自己的东奔西走。我蹲下，专注于花草。老校工环臂持大铁剪"嗒嗒"开合，然后俯察，如理发师侧首找寻那人头上杂毛。我恍然，马兰花、老校工弯腰的姿态和草的舞蹈，是一幅让人屏息而视的画面。在平静的生活中，天地间会突然出现美不可言的胜境。我庆幸看到了它。

　　这时，老校工回头看我，汗里的盐使他眼角眯着，表情似有不悦。一人站在另一劳动者身后无理由地观望，当然令人不悦。其实我想多看一会儿。老校工再度一瞥，我走了，美丽的草和马兰都是他的。日常景色在朴素的外表下会突然爆裂内里的美，明灿高扬。与之遭逢已经很难，而遭逢之后无法勾留是另一无奈。人们跋山涉水去拜谒天下名景，譬如泰山峨眉时，究竟有多少人看到了它真正摄人魂魄的美？美像闪电一样，不可能总是出现。它的出现，必有晨夕、明暗乃至风与雨的交关组合，像盛装的大师出现在舞台上。而多数人在泰山峨眉所遇，仅是一场没有演出的空寂剧场而已。

　　有人说，一个女人最美的时刻，只在某年某月的几天，至多一个星期便寂落了。人们娶来的妻子，多数已经不包含这几天了。如同花朵在空谷里的绽放，它的美属于神，而非男人或女人。

干　草

干草堆积在仓房,像瓷器沉静地放在花梨木的格子上。干草在这里呼吸、低语,气味微甜而遥远。

干草通过回忆把泥土、河流与夏夜的故事讲述了一遍,既干净,又质朴,而它自己惯常发出这么一种甜味。像小米一样浅黄的干草,露出金子把闪亮褪去的黄色,如高级丝绸的质地。它发出的芳香,比青草隐逸。

我喜欢躺在仓房的干草上,架着二郎腿,想各种奇怪的事情。干草在身体下面发出响动,比纸好听。我想,我躺在多少青草上面啊。那些青草在夏天飒飒起舞,开过上百朵的花儿。

可是在夏季,闻不到青草准确的味道——河水、羊粪甚至蛙鸣都混入空气之中,青草的气味成了细小的呼喊。而这里,仓房里传出草的合唱,淡黄色富有光泽的和声,还有弦乐。一丝丝不绝如缕的甜味,自然是小提琴的独语。

从仓房木板的缝隙向外看。现在是初冬,雪在低洼处晾晒衣裳,庄稼被收走了，谷茬划出长长的垄线；天变得浅蓝，像被晒了一个夏天，有些脱色；狗在没有庄稼的地里慌慌张张地跑，追逐落在树上的乌鸦；白雾只有脚踝那么高，像大地披了一件衣裳。

仓房很暖，虽然以后就会冷了。放上一个床，加上煤油灯、猎枪和一本辞典，就能安度悠闲的日子。仓门半开，看日影一点点拉长，门口的猫望着远处犹疑不决。慢慢地，干草的气味钻进衣服和人的身体里，让人清爽健壮、咳嗽响亮；肺里的废气都被干草撵跑，脸色因此红润。

我想象，舅舅仓房的干草里藏着一本日记，记着民初的事情，有多少大烟被土匪抢走，村里的某某实为某某的私生子。而后从草堆里找出一把毛瑟枪，克虏伯所造，已经锈了，还有湖绉手帕裹着的一绺女人的头发，以及地图、鼻烟壶和掏耳勺；把仓房的门用力一关，上面掉下一函王爷清朝呈蒙藏院的密札。

然而，这多不可能。干草是昭日格图舅舅和我芟割的，还有朝鲁。我们在西洼地芟草的时候，马车一侧的辖辘陷进田鼠洞里，翻了，使朝鲁的脑袋缝了六针。在放干草之前，仓房堆着铁犁、马鞍和朝鲁结婚用的组合家具。去年，我在巴林右旗的查干沐沦村住了一个秋天。

甘　草

中药里，甘草是君子，既和且合。人以甘草之性称誉气味清芬的人，如蔡元培，如胡适之。

甘草在我家乡的名称为"甜草"。吾乡不光有这个名，还有这种草。小时候，我们结队去南山游玩，发现扛铁锹的人士后，舍游玩尾随之。他虽然回头瞪我们，像轰麻雀一样撵我们走，我们就不走。因为他是挖甜草的人士，这从肩上的铁锹已看出，窄而圆，兜土。用不了多会儿，就能看到他挖草的伟岸身姿。

甜草不像人参那样稀缺，也不是俯仰俱是，也得找。找到了甜草苗，掘洞挖一整根。所说甜草当然是甜草的根，粗的如马鞭，深入地下约二三尺。挖甜草的人一点点掏这个坑，不能伤草根的皮。伤了就治不了咳嗽了吗？也能，但医药公司压等级，卖不上价。

我们围观甜草怎样重见天日、为人类造福。等这人累得出汗，脱了外边的褂子；再脱，露扇状肋骨，甜草差不多快挖出来了。它外皮如红松，瓤浅黄。我们已知它充满了甜，在牙齿的嚼挤下源源不断地涌出甜汁。这时连唾沫都是甜的，珍贵，不能随便吐。

挖甜草的人士知道我们用意，把松针似的小根须扔过来。嚼之，甜味小，倒是土味大，那也比啥也不嚼幸福。

我们儿时缺少糖。糖啊，我们多么想念您。当一个人的嘴里有了糖之后，什么艰难险阻都能克服。比如跳墙找丢失的小猫，比如上房换漏雨的瓦，比如为别人挑水，往小棚端煤，擦玻璃，找猪。只要人家拿出一块糖——挂蜡的花纸两头一拧，里边包着的就是糖。我们问：干啥？那人不紧不慢地说：给我推一车劈柴。我们问：几个人？意谓出几块糖。他撅着嘴，手在兜里掏掏，过半天才说，三人吧。说着拿出三块糖。耶！这是现在说的话，表示高兴。我们从他手里夺过糖，推车，随他前往木材厂。

糖有无穷的吃法。含着，让甜水流向咽喉，不咽。坚持到最后，"咕咚"下去，得大甜。把糖鼓于左腮和鼓于右腮，甜味是一样的。糖在腮旁，少说话，嘴角漏风，还容易把糖水漏下去，要"咝咝"抽气回收。若把糖放在舌头底下，甜味好像没了。而糖在牙间冲撞，左而右，右而左，声音震耳，咣啷咣啷，比过火车声还大。当然最痛快也是最短暂的吃法是嚼，如雷贯耳，地动山摇，一块好糖转瞬土崩瓦解。这里说的糖不是奶糖，不是巧克力，是甜菜糖。坚硬褐黑，一分钱买一块。吃完了糖，有人还舔舔糖纸。如果是玻璃纸，还可以举着观察太阳。

然而糖太少了，我估计那时候全国也没多少糖，援助越南一点，援助阿尔巴尼亚一点，剩不了多少了。咱盟公署家属院一百多户人家，只有小卖店一玻璃罐的糖，一年到头不怎么见少。有时，我们走进小卖店观光，鹰钩鼻子的女售货员手伸玻璃罐里，沙沙弄出响声。响就响呗，我们假装没听见，顺手在敞口的木柜里拈一撮青盐放嘴里品味。

"你说盐要是甜的多好！"二刚永远说这句，说了一百多遍。

"可不是咋的。"杜达拉达回答。我们舔盐,眼睛看着远方。但谁也不敢嚼盐。嚼——盐?那可太厉害了。

在没有糖的日子里,我们远足南山。并不是每次都能遇上挖甜草的人士,十次无一次。遇上也只是尝尝小须子。一回,国瑞把铁锹从家里偷出来,我们上山挖甜草。到了半山腰机井那儿,还没找到甜草的苗,有一人像疯子一样跑过来,连说带骂,仿佛要杀掉我们。我们吓得撒腿就跑,跑到铁道线止步。回头看,那人还站在墙头上骂,手比画,像打拍子。

追咱们干啥?大伙纳闷。也没惹他呀?一人路过,见我们傻傻地站立,挨那人的骂,问:"你们挖甜草了吧?"

"对呀。"我们回答。

"甜草坑把他的毛驴腿别断了。明白不?还不快走!"

啊?我们又一阵狂奔,到国庆旅社停。驴腿别断了?这个驴也够倒霉的了。我们想象驴之一肢陷于坑里,无法自拔,是挺可怜。可我们也不敢上山挖甜草了。那时,要想甜一下,是多么难的事啊。

鬼针草

我和阿斯汗向北走了两个小时,也没有找到我爸描述的湖。他说,湖边的草里到处都是野鸟蛋,鱼并不怕人,在你腿里来回钻。我把目光转向堂兄朝克巴特尔,他点头,表示这湖是真实存在的。

但我们没找到那个湖。在沙漠里走路,走一里比平道上的五里还累。再往前就是朝鲁吐村了,我们坐下歇脚。

前面的红柳下面有一株开黄花的草,直挺挺地立在骄阳下。我过去看,阿斯汗也跑过去。他认为我所注意的东西一定是神秘奇异的,譬如一具鸟的尸体在树荫下斑斓,或者断折的蜥蜴尾巴在沙漠一上一下地拍打。这是我向阿斯汗许诺将要在胡四台看到的东西,老阿深信不疑。

"什么?什么?"他跑到我面前。

"黄花。"我指着这株草。它的茎四棱形,叶子呈羽状,花瓣是黄色的,如菊。老阿盯着它看,等待我讲述这株草的不寻常事迹。但我实在不知道它怎样。

"它肯定能治病。"阿斯汗大声说。

"为什么？"

"它叶子是这样的。"老阿张开手指比画。

"治什么病？"

老阿摇摇头，严肃地说："肯定治一种病。"

就是说，不知道它是什么草及治什么病，都不妨碍它的效力，这是老阿的逻辑。

我点点头。我知道老阿想从我眼睛里看到真诚的思索而不是嘲笑。一般地说，老阿认为我是有学识的人。有时我向父母说一点医药的事。譬如久服安定片容易产生疚悔感受，它在体内的全衰期是40小时。我劝父亲少吃。老阿也在默默地听。

阿斯汗在前面大步走，唱着歌。他乐于补充我知识的不足，虽然他才上小学一年级。他如果说出一种我所不知道的知识，会很快乐。

我对老阿说："你说的那种能治病的草，查一下《本草纲目》，就知道它治什么病。"

老阿点头，"肯定能。"他根本没听说过"本草"。

回到赤峰，有一天我忽然想起这件事。老阿用手一指，大声说"它肯定治一种病"。这是什么草呢？我在钟楼的新华书店翻一本带彩图的植物学辞典，费挺大劲找到了这种植物，抄了下来。

回到家，我告诉老阿，"胡四台那种草，开黄花的，你记得不？你说治一种病……"

阿斯汗茫然，他正拆一只旧马蹄表。

"我告诉你它治什么病，"我念，"婆婆针，又名鬼针草，性平，味苦，主治黄疸型肝炎、风湿痛、疟疾、虫咬伤……"

我抬头看老阿，他根本没听，显然早已忘记了。

南风里有青草的香味

黑黝黝的灌木丛冒出一层暗绿的芽苞，横竖都成行，像一封信，密密麻麻的字写在灌木的手心里。

叶苞攥在灌木的手心里，掰也掰不开，除非春天真的来临。

春天与人间的通信，字迹是绿色的。在柳树那里，枝条边写边蘸浮雾袅然的池水，不然，字迹绿得不深。

在这封信里也有插图——当苏醒过来的土地写信写得手腕已经酸了的时候，就随手涂画。

插图是树上的花。

杏树把花朵高高举在头顶，这是对节令最诚挚的感激也是对天的膜拜。

天也许在春季才睁眼俯瞰下界，那么杏树赶紧举起花朵，一个春天也不敢放下。春天看到了杏花，就会如约而来，蜜蜂与蝴蝶都如约而来。

这时，人们相信，天和地都如此诚实。

当灌木写信的时候，春天会为此感动得流泪，泪水被风飘成雨丝，把灌木的信笺打湿了，字迹洇染之后，整个信都绿成一片。

因而春天始终没看清灌木的信，她安慰自己：明年还能看到。

蚂蚁认为是它把春天惊醒了——在蚂蚁纷沓的足迹下，草叶探出头来观看，一瞬间，草叶像森林一样围绕蚁穴。

风开始从南方吹来，把寒意赶回北地。而北地也有杏花的手势和河水的奔走声。南风吹在墙上，拐弯而走，扑在脸膛如流水拂过，脸庞和鼻孔里灌满了青草的香味。

铁轨中间的草

坐火车看车外风景，风景是"嗖嗖"而过的电线杆子、缓慢移动的庄稼地，还有连绵的、相貌类似的群山。

车停的时候，人们下车看车站、月台的钟和上下车的人流。

有没有人看铁轨？除了铁路工人之外，没人看铁轨，也没人注意到铁轨中间的草。

一个车站，十几条铁轨闪亮甚至交错延伸到远方。在站台，我看到铁轨中间怡然生长的野草。

野草长在灰色混凝土的枕木中间。它们在累累碎石中长出来，让不自然的铁路添了一些自然的气息。

此后，我常站在火车车厢的门口朝外看铁轨间的草。行驶中，若遇相邻的铁轨，低头看，当然看不到草，路轨白花花地掠过。

山野的铁轨间长着野草。草，甚至长在城里楼顶水泥的裂缝中。我还见过木制电线杆裂缝中长出的草，它们像顽皮的儿童玩捉迷藏的游戏，说"你不知道我藏在哪儿"。草还是被我看到了。

铁轨中间的草,假如有一株是我,我断然不敢长在那里。钢铁的怪兽日夜从头顶掠过,吓死了,更不要说生长。

而这些草——如我在车站看到的——与别的地方的草一样地舒展安然,并没有缩紧身子或躲在石块下面不敢出头。

它们比山野的草更胆大,更耐喧嚣。

环境没办法挑选。

风把草籽带到这里。它们也面临二选一,要么死掉,要么活在这里。

活,是覆盖所有道理的大道理,是前提,是后果,是话语权,是青山和柴火,是太阳照常升起,是晚上脱在床下的鞋第二天还能穿上,是朝夕相处,是一张无论多老都健康的脸。

诸如种种,全胜过"音容宛在"。

至于怎么活,是自己的事。把铁轨的草栽到盆里就好吗?这要问草。

那些铁轨中间的草,我看到有细长的瞿麦、蓬勃的花草,夏季开黄花。还有紫菀以及地榆。我揣想,它们仰视着列车自头顶呼啸,甚至会得意,你走你的,我长我的。列车带来的机油味和冷风只为短暂一瞬,更多的是阳光,夜晚满天星斗。

这是一丛丛骄傲的生灵,在铁轨中间安家,比走铁轨的儿童更骄傲。都说火车风驰电掣,它们轮下其实还有娇嫩的草。

草在铁轨间摇动身子,像嘲笑所有的怯懦。

从天空到大地 | 139

第八辑　花朵

樱桃花在枝头想念樱桃

说"樱桃花"像说一个消失的人,过去见过、后来却见不到的人。樱桃花是被大地幽禁的纺织姑娘,每年春天才能来到。而第二年见到的樱桃花,已经不是去年那些花。

所以,跟"那一个"樱桃花相见,一生只见一次。落在玻璃上的雪花、蹲在绿色送报箱上的雨水、从天空飞过永远不知其下落的鸟,我们都只见过一次。

这一生,无论见什么东西,我们只见过一次,除了身边的人。流过的河水、余晖在岩石上铺的金黄毯子、车窗外站着的树,我们只见过一次。用一生的时间也回忆不完我们只见过一次的东西。

樱桃花见过樱桃吗?

樱桃花一生最想见的就是樱桃,而不是杜梨,更不是古怪的香蕉。樱桃花每天都在枝头上想念樱桃,这么稠密的想象被蜜蜂偷走变成了蜜。每朵樱桃花手里举着五片扇,对着阳光显影扇子上面的字。在没有一片绿叶的果树枝上,樱桃花如同一排蝴蝶穿过独木桥。花的蝴蝶丈量树枝，给叶子预留地方。叶子长出来之后，花像树的耳朵，听鸟在早晨独白。

鸟的话语跟樱桃有关，它想到樱桃就想到了酸和甜。血浆一样的果泥，这让小鸟喊叫起来。

樱桃花所想象的樱桃是一只小灯笼，里面的籽像神秘的宝葫芦。灯笼在黑夜微微发光，给往树上爬的小虫照亮。

樱桃花认为樱桃不是吃的食品，它另有奇特的用处。吃是从枝头钻进人的肚子里，对不住漫长的生长。樱桃花询问串门的蝴蝶：你见过樱桃吗？

蝴蝶摆手，蝴蝶只会摆手，表示自己耳聋。

樱桃花想象樱桃身上有美丽的羽毛，肩膀是宝石蓝，胸膛雪白。樱桃用红色的爪子抓紧树枝。到了秋天，樱桃飞到南方气温更暖的地方。

樱桃也许是一只木质的小盒子，樱桃花想。盒子里装着蔫巴变黄的樱桃花的花瓣。樱桃收藏这些花瓣，把每年的花瓣收起来，撒到溪水里，和小鱼成为朋友。

樱桃花开到最繁密的时候，花瓣挡住花瓣的脸。它们向四面八方看，找樱桃的踪影。樱桃并没有从树下面爬上来，也没藏在雨水里。樱桃在哪里呢？

这么想着，风吹走了一层又一层樱桃花瓣。它听说当最后的花瓣落地之后，樱桃才出来。花朵挺高兴，兴高采烈地往树下跳。躺在地上的樱桃花快要枯萎了，问地上的蚂蚁：你见过盛开的樱桃花吗？

蚂蚁指手画脚一通，什么也没说出来。樱桃花向树上看，嫩叶已经站满了树枝，张着完整的边齿，阳光晃眼。

色彩的旋转和燃烧

除了月亮，找不到比油菜花更黄的颜色。油菜花像一壶发酵过分的酒倒在方形的池里，让蝴蝶醉得飞不稳。油菜花盛开的地上没有向日葵，它融化了所有的黄。

大自然知道绘画补色的道理，油菜花让天空更蓝，蓝得像漆，像没有一丝波纹的海。蓝天在油菜花的映衬下十分平静，让白云走路发不出一丝声音。

油菜花的色调让游客兴奋，除了照相，他们不知还应该做些什么。如果没发明照相机，人在油菜花地手脚都没地方放。他们不会像蝴蝶那样挑剔地翻飞，又不会像蜜蜂那样歌唱。人在油菜花地抚不平驿动的心，他们在油菜花前站着、蹲着、商量，除了照相还能做什么呢？人被油菜花感动了，说不出这种感动，只好照相。

人被色彩感动，验证了莫奈的信念：仅仅是色彩就可以感动人，线条并不重要。大脑神经学至今没有发现人被色彩感动的机理。粉色的杏花是冰雪消融之后的娇嫩，是大地回春的婴儿。这一种粉让人眩晕，如超现实主义的云。人在粉色面前反应迟钝，被这么密的花瓣搅乱心思，为落在脏土上的花瓣珍惜，粉色让人不知所措。青草的绿令人安稳，草和庄稼如果不绿，大地仿佛成不了家园。绿色让泥土的褐色显出一点亮调子，露出泥土的生机。

色彩是大自然对人的恩泽之一。春天给人送来的希望首先从色彩开始。花所包含的活力不在它的质地，更在它鲜艳的色彩。人除了用粮食和水喂饱自己之外，还离不开色彩的哺育。白云的白、蓝天的蓝、青草的青，是人的眼睛乃至心灵的粮食，色彩对人生的意义无法代替。

油菜花的金黄相当于色彩的舞蹈。它在旋转，在燃烧，只是眼睛说不出这些感受，甘心做它的俘虏。人的目光当过大海的俘虏，当过白雪的俘虏，当过桃花的俘虏。一个饥饿者饱餐色彩，而后心安。

油菜典雅的黄花比红色还热烈，颜色从花上流淌遍地，它像大地的新娘。油菜花的金黄让人感到人类印染业、印刷业与画家手中的颜料虽鲜艳但没有生命力。

油菜花是大地的音乐，包括合唱与铜管乐齐奏。它喂饱了无数眼睛之后再用菜籽榨油。到油菜花地徜徉，最羡慕那些昆虫。蜜蜂最值得做的事就是一头栽进油菜花里，半个月都不要出来，世上再也找不到比油菜花更好的宫殿了。

少女的集市

金银花是忍冬科植物开的花。花刚开白色,过几天转成金黄,得名金银花。花入药,治肿痛瘰疬。此花比治病更好的是它的名——金银花,两样好东西都在它身上。

金银花开起来,花瓣别在背后,像收拢翅膀的鸟儿在气流中滑翔。它的花蕊纷纷扬扬探出来,像一帮小瘦人跳转圈舞。金银花是藤本植物,花开一片,上下成堆。花开三五日,有花皎白,有花晕黄,金银全来了。并不是黄花在白花里穿插,是它们在"变"。起初都是银花,而后全成了金花,又有新的白花开放。一朵花扮两种角色。在中药里,它又叫"双花"。

我在上饶看到此花,流连难舍。我喜欢它开花时的"闹",金银花的花瓣弯到身后,像一帮人光膀子练武,衣服下摆掖在裤子里,衣袖拖到了地上。当然,金银花更像少女。少女不练武。假如每支花蕊是一位女孩子,花树就是一处少女的集市。花蕊白嫩的细长身子戴一个小小的黄帽,所有的花蕊都戴着小黄帽。它们在花座上探身、后仰，像隔着一条河往对方身上洒水。的确，金银花活泼的花蕊吸引了我，它们比别的花蕊更天真。花蕊上没有眼睛和嘴，但分明在乐，乐得前仰后合。一丛忍冬，开出上百朵金银花，千只花蕊出来嬉戏，让人赞叹。

金银花善变，由银花变成金花，尽管金银只是人对它的比喻。人把自己认识的好东西送给了忍冬的花朵。银变金不是枯萎，是蜕变，由皎洁而灿然。万物无时不变，天道可以谓之道，即在变。昼明夜暗，阴晴互转。大地从青翠到覆雪，年年月月分分秒秒在变。人也在变，在变中获生。不变的人犹如不流的河，慢慢臭了。血液、肌肉、骨骼拼着命争氧气、争蛋白质，然后争着把废料踢出去。但人对此没感觉，若有感觉，显然太过打扰了。人觉着自己没变，一如旧日，其实你早已不是你——当然也不是别人——是另一个你，顶着原来的名字，兜揣原来的身份证。但你真跟过去告别了，时时都在告别。人们身上没长花，如有花开，花会告诉人——荣枯不过在眼前。植物和动物有着很大的不同。人和花一样，问题不在变没变，而在怎么变。如果花去美容，割双眼皮、去皱纹眉，花园就成了假货集中营。不知谁是花，谁不是花。但花草比人更合天道，去留无意，一派自然。

银花在枝头挺立。天边的群山苍翠，山谷里装满白云。银花如一个盼望上学的孩子，眺望远处的山路。金花有一点疲倦了，侧卧在叶子上休息。它从银花的皎白中看到自己逝去的时光。中医称黄为正色，主阳，用流行的话叫正能量。金花没见过黄金，因而只主阳不主贵，但清热。银花像雪花一片片堆在枝上。雪落在五月，太早了。再过两天，雪片似的银花也会变成金花。大自然性格果绝，办什么事情都不拖泥带水。

金莲花如石头压满大地

这片山坡实际是一大块岩石，落叶松的松针加上风刮来的土在上面积累了厚厚的土层。它倾斜着，地宽方圆几里，像一个不平的桌子，上面开满金莲花。

我没看过开得这么密的花，甚至连手指也插不进去。这么多花挤在这里干什么呢？它们中间没有青草和灌木，像甲板上等待上岸的密集的人。

在喀纳斯，人们看到了许多在别的地方看不到的景观。不太高耸的山峰被云雾包裹，人们不知道什么时候见到山峰的模样，它像一个包头巾的老人，像一个神，那是在云雾打开又合上的瞬间。喀纳斯的山峰下面长着白桦树和松树，像麦子长满了平缓的坡地。五月了，往山上看，从山顶裂下的沟壑积存白雪，像山峰披的黑大氅的白色绲边。树林茂密的地方河水拥挤。河水不深，从林子里跑出来，又跑回林子里去，它一露面，图瓦人和哈萨克人养的牛羊就跑过来饮水。

河边散落着大块的圆鹅卵石。在布满腐殖质的黑土上，这些鹅卵石白得耀眼,像一群鹅笨拙地晃到河边喝水。

　　河边有图瓦人和哈萨克人的尖顶木板房子,木板被雨水淋得露出铁黑色。在村边或桥边,你见到一个图瓦人或哈萨克人就认识了这个民族。他们每个人的脸上流露着儿童式的单纯友善。仿佛这样的表情才和白桦林和被云雾包裹的山峰与清澈的河水吻合。伪装的脸在这里与周遭格格不入。无论你穿得多么好,你脸上流露的计谋在大自然面前都显出不协调,像一个坏人在干坏事前经过掩饰的不安。

　　喀纳斯的草原分散在林地里,比如在林地与河床、在山腰和松林之间。这些草地的色调鲜艳。这一种绿,有灼人的明亮感。我不知这是为什么,好像草叶上有荧光。也许是铅灰低垂的云朵让青草展示一种怒放的姿态。这些青草像领着你走,走吧。我跟着喀纳斯的青草来到了松树林。落叶松笔直深绿,草地浅绿。青草像掺了绿色的清水浸在大地上,灌满了坑地。而进入草色渐深并茂密的草地时,花朵出现了,就像在灌木丛里可以见到兔子一样。这里有狼毒花,有罂粟花。花朵开在河床前站住了脚。河床里有玉,花要停住脚步。它无权进入玉的领地。

　　传说新疆的河床里有玉,人人都愿意延续这个传说。在河边,常看到辛勤的外地人如插秧的稻农一样猫腰直腰,把一块石头拿在眼前看看再扔掉。他们的任务是让石头翻身,换个地方待着。玉还待在玉待的地方,人不知道那是什么地方。我看到哈萨克人和图瓦人这么纯朴,就知道这里一定有宝藏。我不清楚这是一些什么宝藏,如果是黄金和玉,让它们深深地埋在山里吧。如果是纯朴和善良,就深深地埋在心里。人喜欢在偶然间得到宝贝,没花钱得到一块价值连城的美玉。但我觉得,老天爷一定会格外仔细地挑选那些得到美玉的人。你已经得到了很多好处——安逸、财富和内心平静,还会得到这样的宝贝吗?或者说,一个人要有怎样的德行才配得到一块凭空而来的美玉呢?我说不清其中的奥妙，只看到人在河滩默默地捡石头，弯腰直腰，把石头捡起来扔掉。我不知他们手里摸过并错过了多少璞玉。他们的希望在明天。

　　金莲花压得大地透不来气。在这里，花朵像石头一样坚硬厚重，搬都搬不动。花朵的边缘是青草、河流或白桦林。无论往哪一个角度看，远处都是雪山，或者没落雪但被白雾包裹的山峰。金莲花密密麻麻，像在保护这片大地。花朵也会保护大地吗？好像说，这里的花朵是勇士，是骑马而来的军人。它们穿着闪光的金色盔甲，长戟立在地上，等待号令。金莲花要保护什么呢？说出来像笑话，它们要保护土。所谓土是它们的房子、它们的产床、它们的粮食、它们的炕。今天在中国的任何地方，土下面如果被人发现储藏石油、天然气和矿产，此地必将万劫不复。不仅土没了，一切美好全没了。为了这个，连花朵都开始保卫自己的乡土了。

花朵记

入秋,我跟友人登青藤山。因泥石流路阻,借住半山腰的兵站。

兵站有十个小兵,每天跑步唱震耳欲聋的歌,饭前唱震耳欲聋的歌,临睡也唱震耳欲聋的歌。友人说,这地方没蚊子,是被歌声震跑了。回家后,电视里传出不震耳欲聋的歌,我竟受不了。我媳妇说,你跟火车司机的习惯一样了。

这里苍山环抱。我站在院子里望天空,盼望飞过一架飞机,好跟它招招手,太寂寞了。然而打破这寂寞的,是一小片花园。

营房南侧还有一幢房子,住着一个女军官。她穿蓝制服,是空军,跟穿绿军服的小兵不一样。她在这里做什么,咱们不能问。离房子不远,是她的花园。

这小片花园,花开鲜艳,有盆栽也有土栽。我发现女军官看花会用很长时间,以手抚弄花朵,像摸小孩脑袋。最奇怪的是,她好像跟花说话。

一次,女军官迎面走过来,身材修长,面带笑意。"你在跟花说话？"我问。

"是的。"她回答,"花需要有人夸它。"

我竟不知怎么回答,这个话题很陌生。

她走到花畦边上,"对正开放的花,你要挨个表扬它们,花才高兴。你认识这些花吗？"

我不识鸟兽草木之名,只知"红的花,蓝的花,黄的花"。

她谅解地笑了,"这是绣球花,像一捧雪,绣球科。东印度公司的医生希鲍德在日本发现了这种花,在拉丁学名后加了他恋人的昵称OtaKsa。"

"他恋人在日本？"

"对,叫楠木潼,日本女孩。你不是作家吗？你没读过皮埃尔·洛蒂的小说《菊子夫人》吗？以这个故事为原型。西博尔德是《日本植物志》的作者。"

我只好说闻所未闻。

女军官并不在意我的无知,接着说:"这个花是单药爵床,开黄花,叶子是轮生,玄参科。这个大喇叭样的花是木本曼陀罗,它的长脖子叫距。这花叫红千层,顶端叫花药,下面是花丝。开紫花的是地丁,堇菜科。这个你见过吧？马蹄莲。"

"见过。"我说,"马蹄莲。"

"它是埃塞俄比亚的国花。你知道吗？它的首都亚的斯亚贝巴,就是马蹄莲的意思。1887年,曼涅里克二世请皇后给新首都起名,皇后就用漫山遍野的马蹄莲为首都命名——亚的斯亚贝巴。"

真是花里乾坤大啊！这个通植物学的女军官跟我说话时还夹杂对花说的话,如"你太柔美了、你太骄傲了"等等。

离开这里后,我对女军官和她的花园有一些萦绕于怀。女军官名字叫瞿麦。我查资料,这也是花的名字,在日本叫"抚子",指纯洁美好的女性。

　　小小的一朵花,藏着人间的秘密。如果悉心欣赏,可以沉醉其中。人何必跑东跑西呢?我对花竟连一分钟都对视不住,辜负多少造化的美意。瞿麦脸上一直带着笑意,那是从花上传染过去的"意"。

鸡冠花

小时候,我妈告诉"这是鸡冠花"时,我听成"机关花"了。

盟公署栽了两畦花,用红砖的尖角砌出边沿。扫帚梅比我还高。它孤零零地清高,叶子像茴香,仅有的花瓣离得很远,如杂技人用棍儿支旋的盘子。满天星的茎细,蜜蜂落上去,花朵弯腰如请罪,以至蜜蜂张开翅,合拢,再张开。它们都是机关花。离花畦不到一米的窗户,是我妈办公的屋子。窗台的空墨水瓶是我姐放的,装蚯蚓。

这些花里,我最喜欢鸡冠花。它是植物里最像织物的。绛紫的金丝绒捆系一起,把上面拽开,像小扇子。其实它比小扇子好看。冠顶攒挤无数绒朵。远看,鸡冠花又像赤面的非洲大角羚羊,角从耳下弯上去,如珠宝坠。它没有花瓣。我以为花一定要有花瓣,无论多少瓣。在童年,当一件事否定了对此事的通识时,会苦恼。我无数次问过妈妈:

"鸡冠花怎么没有花瓣呀?"

我妈回答一律是:"它没有。"

星期天，我和姐姐到盟公署嬉游，大多流连于花池。我们把喇叭花摘下来，放在嘴边，用细小的声音喊话："缴枪不杀，你们被包围了。"用指甲桃把手指脚趾全染红，最后把架豆角桃形的叶子贴在前额，跷脚，到玻璃窗前照，看像不像妖精。

在花池，我只爱唱一首歌。"小燕子，穿花衣，年年春天来这里。"为什么唱这个，我也不知道。这歌缠绵，又矫情，像鸟喙被树胶粘住了，像用侉话念一封信。有一点撒娇，还有一点劝勉。劝勉谁呢？花，还有蜂子。那时，我会唱的歌太少。幼儿园的日暮唱"蓝蓝的天上白云飘"，对着高墙。上学后，扫除时唱"高高的兴安岭，一片大森林"。运动会唱"人民海军向前进"。好多情况下，没歌唱。

在办公室，我妈把文件夹进硬纸壳，用黑鞋带系上。硬纸壳的四角贴着紫布。我在每个椅子上坐一会儿，比较它们有什么不同。看每个办公桌的玻璃板下面的照片。这些黑白合影照片的上方多用花体字写道——工农干部速成学校毕业合影、热辽军区赴林西县工作团留念。我主要看谁长得好看。他们表情同一、胖瘦同一、服装同一，谁也不好看。我在办公室尝试咳嗽的滋味，拿笤帚扫地的滋味，以脚蹬试桌下踏木的滋味。然后跑出去看花。

鸡冠花傲慢，使有瓣的花显得单薄。一次，我听一个人说"鸡冠子花"，困惑，会有"机关子花"吗？小时候，我不识字，便听不懂许多话。电影《东进序曲》，我以为是"东进西取"，按字音取得一个可以理解的意思。还有一首歌："我当个石油工人多荣耀，头戴铝盔走天下"，一直听成"头戴李逵走天下"，过好多年才明白。

得知鸡冠花正名之后，已经许多年没有见到，或许跑的地方太多，或许忽略。我所在的城市，似乎什么花也没有。节日，政府门前摆一堆盆栽串红，其余的花集合于公园里。今年，邻居在楼下种了四棵鸡冠花。他在自行车棚边上开了几平方米的园圃，用尼龙绳拉着，种小

从天空到大地 | 155

白菜，四角各有鸡冠花，像站岗的。花已老了，脖颈密密的红刺变白，顶冠仍然醉红。花叶细长披纷，一如刚打完架的公鸡。蹲下看这株花，看久了，不禁想从花里找出鸡的尖喙和一眨一眨的眼睛，期望它在某一天早晨"喔喔"地振翅啼唱，惊动左邻右舍。

荷花骑马坐轿

早上,山麓的凉意近秋。石头砌的池子里温泉的汤水蒸发白雾;蝉声织出一片比雾气更密的网,尾音拉得很长,似有倦意。

我在池子边上跑步,迎着空气中温泉的硫黄味,绕过桥,面临一大片荷花。

荷花长于绿琉璃似的瓷花盆里,沉在一尺多深的水里。这样,它们就不必被人们说成是出淤泥而不染了,这一片水塘没污泥。花盆小,荷花开得也小,一朵朵只有拳头大;比洗脸盆大的荷花更玲珑可心。

我坐在鹅卵石上看清晨的荷花,目光几与花瓣齐。未经意间,觉得荷花像欲开又拢的婴儿的手。花比婴儿的手大些,但其红肥圆拢都像婴儿的手掌。怪不得佛菩萨喜欢安坐在荷花里,花瓣如一个个手印。手指拈出不同的手印,代表修道人不同的心意。荷花的手印无外喻示美,或开示美。其美红白相间,美而圆满。这么大一朵荷花竟被细茎孤零零地举着,高出水面很多,显出卓然不群。这枝细茎举得也好,不偏不倚刚好举在荷花的中间。因此,说荷花如一个灯盏也算贴切。

花心是一截莲蓬，可作灯盏里的蜡烛，只是没火苗而已。现在是早上，不必有火苗。

我起身接着跑，沉迷花草消磨意志。顺一条汽车路往山上跑，过玉米地，见松鼠上树、鸭子下河，绕过一片苹果树林下山。从高处再看这片荷花，如见一队迎亲的队伍：荷花骑马坐轿，在一片绿叶的拥簇下，涉江而来。我觉得红花、圆叶、绿叶都是民间故事的题材，仿佛荷花比别的花更有故事，要不然，荷花怎么会骑马坐轿？它高高在上，左顾右盼都是涟漪。老百姓发明了荷花仙子之说，月季比它更艳丽，也未佩仙名。

陆地上的花长在泥土里，花边上还有青草、树木，还有爬来爬去的蚂蚁。而荷花的背景干净，只有水。水如一面镜子，映衬荷花娴静。风把水面吹起皱纹，荷花因而多情。它在风中微微俯仰，似颔首、似含笑，最似欲言又止，姑且如此吧。

其实荷花颜色很艳，算是桃红。我猜这种颜色并非出自荷花本意，是上帝指定的颜色。其他的花佩上这种颜色会显出俗，人穿荷花色的衣服会极俗，而荷花却不俗。一来它的艳红有白色在下面托衬，二来水面实为暗调子，显出它新鲜，甚至童稚。它如婴儿般的手掌即有童稚意趣。画荷花是文人画的主要题材，源头是八大山人朱耷。数不清的画家仰慕八大，心摹手追，但画出来就俗。荷这种东西容易画出败意，不鲜灵。从技法说，中国画的看家本领——皴法在画荷中基本用不上。传递荷花精神，关键看画者能不能掌握骨法用法。好笔法笔笔是中锋，苍润鲜明，这是功夫，也是境界。用晕染一类手段画荷只算刚入门。

和梨花一起白头

四月,春草如在显影剂里刚刚露出一点轮廓,还没形成势力,梨花已经开放。

梨花以花瓣试探天气,摊开瓷器似的白花瓣。而红花在六月之后才露头,红在炎热里不容易凋谢。

梨花瓣单薄后仰,像小女孩用手粘在褐色的枝上,四五瓣围成一朵花。只有豆芽十分之一粗细的花蕊戴着小黄帽,像杂技演员躺地上用脚蹬坛子。

春草埋伏在旧年的枯叶里,弄不清是转世还是新生。春草在边边角角偷着绿,枯叶掩护它们朝山坡潜行。草芽走在树下抬头看梨花,盼花瓣落下来,闻闻香味。

梨花为山川安神,它的白皙似乎只为曲水流觞调琴。梨花的情操不归于西洋乐,也不是维瓦尔第的《春天》,它性近古琴,一音复余音,抚弄流水幽咽。春云那么淡,像贴上去的云母片,与梨花般配。

北方的四月还在萧索,旷野见不到闹意。最闹的虫子还没来,明晃晃的野花也没开始闹，更见不到青蛙。梨花在静寂时分出场，如演员提前十年站到台上。梨花由此意态淡然，不像演出，像给自己排练。水袖略略挥一下，唱词只在心里默默念过。山上的梨花，比所有的草木更像远望，等消息。它引来了春天，却还在等春。鸟儿斜飞过来不落，仿佛不相信梨花的真实。没有飞蝶翩翩，怎么能叫真花？

梨花、杏花是土地的第一张信笺，字迹还模糊。土地手里还没有青草的墨水、红花的墨水。泥土在春天用的是白墨，跟人画国画正相反。古人称"墨分五色"，这是对松烟的黑而言。天地最推重的墨色是白，不是留白是留黑。白墨的淡远比台静农的白梅更悠长，不枯、不涩、不焦，笔笔都是润。天地的浓墨是大地的青草，一皴一川，闭着眼睛用笔扫就可以，不必太工。而梨花由天工仔细点染而来，兼工带写。画杏花的时候，稍带一点胭脂，一点点就够了，让它留一些雨水浇过的淡粉。

我来树下，伸手想摸一下却不知摸什么。花瓣嫩不可摸，而树干比我还老。站在树下，略微可与梨花相比的是两鬓的白发。发白不及梨花美，但我们俩都白在了上边。我发觉第一根白发时，认为珍贵，拔下夹在一本书里。如今头上的白发太好找了，用手摸，都感到白发抚我。

头发白不算什么怪事，比脱发好得多。我不染发，听凭上帝的意思。哪个人的白发不与他的面容眼神相配？全配。人之衰老，从浑浊的虹膜、松弛的背肌、手的皮肤、耳朵形状、嗓音、指甲、吃完饭剔牙的动作、颈皱纹、腹部脂肪、走路的姿态和眼神里流露无遗，染什么头？染发师只管染黑这些头发，上帝掌管其他的一切。我与梨花共白头。

第九辑　果实

苹果籽

小时候，我吃了一个苹果。消息传到家属院那帮兔崽子耳里，他们静穆了，也可以说敬慕了，表情像喝醉了一样迟钝地看我。人堆——刚才正搞抢帽子混战，把谁的棉帽子抢来，像破狗皮一样扔掷撕掳，直到稀烂——闪开一过道，让我过。

他们没吃过苹果，但知道。小学算术 1+2、2+3，课本画的就是苹果。3 个苹果加 4 个苹果等于 7 个苹果，而不说 2 个狼加 5 个狼等于几，也不说 3 个糠菜团子加 2 个糠菜团子等于几。不说吓人与熟悉的什物。咱院小孩最熟悉糠菜团子，用它解说，学得更快。

我吃了苹果后，他们从头到脚观察，吃苹果的人有变化吗？胳膊变长、头发变绿像海带那样？没有。

这个苹果绿而皱，比鸡蛋大一点，叫印度苹果，那当然很甜，和糖精完全不同（有小孩舔过糖精）。吃，吃，剩一瘪核。苹果是不需要剩核的，核留给谁呢？所以我把核也吃了。吃完吐 5 个籽。小籽黑褐发亮，像田鼠的眼珠。我吃了一粒，白瓤，微苦，不及苹果好吃。余下的在桌上摆成横线竖线，然后放入宝盒。宝盒是"金鸡"牌鞋油的空铁盒，它口紧，用拐杖式的旋柄才能打开。苹果籽放进去，里面还有带豁口的玉坠，铜别针和不知什么鸟身上的黄色羽毛。

后来，有人用山楂籽换苹果籽。不干，山楂多便宜。弹弓、玻璃球和松紧带都没打动我的心，只有苹果籽可以证明我吃过苹果。当时我想，人的一生也许只吃一次苹果。

1970年，家要搬到五七干校，大人不许小孩带东西。我把铜别针和羽毛送给了穆日根和木兔子，苹果籽种在水文站房后。在墙上给每个籽的位置做了神秘记号。

干校有挺多好玩的东西，从游泳到捉刺猬。我看别人用"金鸡"牌皮鞋油的时候，会猛然想到苹果籽。我认为它们已是开满碎白花的苹果树。一次做梦，家属院小孩像猴子一样悬在苹果树的每一根树杈上，狂吃大笑，不听我的苦劝，竟哭醒了。如果回到赤峰，我要告诉别人苹果树是我种的。他们当然不信。太好了，我当即指出，东边那棵树身上箍一个玉坠。我知道会有人怀疑，就把一粒籽埋在环形的玉坠当中。

那时有大人回城，我请他们到水文站看一看。我告诉他们那儿有苹果树。大人们哼哼哈哈，好像谁都没去。

后来，我忘记了这件事。再后来，我不幸得知一个知识：苹果籽长不成树，需要嫁接。我再也没去水文站。学这个倒霉知识之前，我以为咱院的兔崽子每年都被苹果撑得满地打滚，像犯了羊角风。

人的梦想太容易被知识击败，被世故淹没，被时间隔离。带鞋油味的苹果籽，是我的珍藏物，后来却被忘记了，因为有人说它们长不成树。

把自己甜死的甘蔗

我觉得甘蔗是极为离奇的植物,人如果不把它砍下来,它会把自己甜死。嚼甘蔗时,我一边嚼一边想:这么甜,甘蔗怎么受得了。真甜,太甜了!甘蔗早晚能把自己甜死。

甜死是怎么死的?首先是舌头因狂喜而麻木死掉了,像毒贩子吸食毒品过度死掉一样,然后是主管嗅觉的中枢神经被源源不断的甜给甜死了。这里说的是人,而甘蔗作为植物,我认为它承受不了这么多的糖分。甘蔗的糖是双糖,热量太大,不跑马拉松消耗不掉这么多糖。况且——我稍微卖弄一下——甘蔗只有皮和瓤,而没有肝脏。这就很成问题,没肝脏,就没一个化工车间把这些糖分解成葡萄糖或脂肪储存起来,也没有肾脏把糖尿出去。你不断在甜,你甜无止境,这怎么能行呢?甘蔗没有肝脏,是造物主的疏忽。当然植物们都没有肝脏,正如动物们不会通过叶绿素吃太阳的饭,但其他植物也没甘蔗这么甜。

甜大劲儿了是什么样?就像甘蔗这样,脸憋得紫红(没肝脏代谢),如同喝大酒的人一样。脸紫红且不说,甘蔗把自己甜得身披白霜,这是甜得没法再甜的征象。在南方，我看到卖甘蔗的就赶紧买一节嚼一嚼，让糖分进我肚子里待一会儿，否则糖会在甘蔗肚子里甜爆炸了。

小时候，我唯一的梦想是天天遇到甜。那时候没听过世上还有甘蔗，但知世上有糖块。正是糖让我感到世界的神奇。神奇，说的是世上有房子、有树、有土、有大人和小孩，但他们都不甜。我吃到糖后才感到世界的化学性和神奇性，一块黑不溜秋的结晶体在嘴里，让它在牙齿间叽里咯啷地翻身，我却欢欣鼓舞，觉着人活着真没白活。甜是什么？是热烈到死的密集话语，是稠密的湖水，是欲罢不能，是舌尖上的歌声，是生活的赞美诗，是味蕾的大合唱，是口腔的弥撒曲，是舍我其谁，是不知有汉，是玻璃纸里包裹的理想，是装在兜里握在手里的快慰。小时候，衣袋里有糖的孩子谁不快慰？吃进去是嘴里甜过，握手里是早晚要甜。

那时候，如知世上竟有甘蔗，赴汤蹈火亦要取之。人生立志，当什么杨柳松柏？毋宁当一株甘蔗，不管其他，先甜起来看。

人长大竟无趣了，无趣之一是不再崇拜甘蔗。见了甘蔗不景仰不咽口水不开口大嚼，此曰无趣。连甘蔗都吸引不了你，还有什么能吸引你？钱？是的，钱了不起，但钱甜吗？钱会造出甜但也造成苦，钱能放进嘴里嚼出甜水吗？人在兜里揣着整齐的钱，莫如在怀里揣一节甘蔗。别人问是什么，你可以说是金箍棒。到无人地带，你可以掏出甘蔗咔咔嚼之，甜水如河流灌溉你的胃与心肠。那一阵儿，你可能会放弃一些无趣的人生规划。总之，你会变成一个跟甜有关的人。

牛羊虫鸟不吃甘蔗，甘蔗的甜在于它和人的缘分。它为了人甜——姑且这么说吧，否则它为谁甜呢？它长在土里，它差一点就长成糖块了。

甘蔗真是个好植物，每一株甘蔗都应该佩戴一朵大红花。

月夜，到甘蔗林里，听一听甘蔗在说什么话，听听落在甘蔗身上的小虫子说什么话。月光在甘蔗身上照不了多久就变成了霜，甜得受不了哇！夜啼的鸟儿在空中兜圈子，呼唤"甘啊、蔗甘"。鸟儿被甜晕了，把甘蔗说成了蔗甘。仅仅是甜，就可以改变许多事情。

　　正像人有偶像，香蕉苹果鸭梨的偶像是甘蔗。甘蔗虽然不圆，不挂于枝头，但甜得心满意足，让水果们佩服得五体投地。

高粱与石榴

说高粱是庄稼里的石榴亦未尝不可。

高粱暴露自己红扑扑的脸膛,石榴只露出牙齿,像煮红的鱼子。

见过高粱,你就要钦佩。它们把粮食举在头顶,而不像玉米那样把玉米棒夹在胳肢窝。高粱高举着米粒向天告白,也可说举起了一炬红烛。高粱壮烈,高粱不穿军服也像个军人,不像有人穿着军装也像小人。高粱像跋山涉水的游击队员,身子一动就唰唰响。高粱的叶子像一片片扁刀,割秋风、割露水,高粱不是好惹的,它私蓄一肚子酒精。

人在瓶上看到"大高粱"三个字,就知道是酒。而瓶上若有——大樱桃、大谷子、大香蕉则不知所云,也没人管谷子叫大谷,它是小米的前身。高粱的穗子不是白白红的,山野里一嘟噜一嘟噜的红,比鸡冠花还像炭火,高高在上。高粱酿的酒一腔凛然。酿造五粮液的五种粮食,最有爷们风骨的只有高粱,一味阳亢。而大米与谷子旨在调和婉转,高粱是点火烧荒的当家人。

从分子化学说，高粱米含有鞣酸和胶质。而且，高粱一煮就开花，从心里绽放的花，好像禁不起别人歌颂，歌颂就开花，人吃起来不太禁饿。高粱造酒性烈，一煮就开花，没酿没煮的时候，脸红得已经不行了。高粱不是一般人。

石榴是富贵人的爱物。旧时人物，堂上倘若挂一幅石榴，一定是祈生子孙。石榴胸藏百籽，让不生育的人羡慕极了。这个籽，也被寓示子夜的子，一元之初。又是子鼠的子，生肖之长。所以，石榴龇牙咧嘴大笑之际，已被人间看出了福气。好多人求画家画石榴，而石榴最不好画，画不好就像黄梨或小倭瓜。画石榴开口更难，它不让你写意也不让你写实，中国画的表现手法在石榴这儿得不到发扬。

石榴为什么会炸开呢？是方便小鸟啄食吗？这么说并不是不讲理，而是在讲道理。鸟啄石榴，把籽包裹在粪便里，带到异国他乡，这正是石榴开口笑的理由。石榴汁可以治疗痛风，治疗风湿痛，却不知有多少人的牙齿与石榴籽纠缠不清，牙跟牙打了起来，一个要嚼，一个不让嚼。看一个人吃石榴能看出他对生活有多少耐心，虽然生活的纠缠不清甚于石榴，比石榴苦得多，但他甘愿忍受却不愿向石榴妥协。人们像吃西红柿一样吞吃石榴，却吐出一粒粒残红的牙。慢慢地吃石榴，时光情愿为你停下来。你发现一粒石榴籽也是一座时钟，藏着甘美的光阴。石榴籽像一颗颗鱼的眼睛，在石榴皮里互相凝视。

高粱从绿色的秸秆里长出一穗红，长到秋天，见谁都脸红。石榴籽的红没有锈色，光莹似珠。在植物界，果实的红都因为花开时未曾尽兴。

美丽的葡萄

"葡萄。"我爸说,然后摘下一粒放在嘴里咀嚼。

我和姐姐甚至没听清,什么桃?也摘一粒放在嘴里。等我们把这种酸甜莫名的多汁之物咽进肚里后,我爸把葡萄皮吐出来。

"吃葡萄要把皮吐出来。"他意味深长地看我一眼,又说,"籽也要吐出来。"

我根本没感觉出它还有皮和籽,而诧异于我爸能够弄来这么奇特的东西。一粒粒紧密地挨着,像把鱼泡系在了一起。如果他不说能吃,我以为这是一个摆设之物、工艺品。

"这叫什么?"我扭捏地又问一遍。

"葡萄。"我爸说。

"在哪儿弄的?"我不知这是他制造或怎么弄出来的。

"买的。"

世上还有卖葡萄的?我从未听说过这件事,也就是说这么好的一件事始终瞒着我在人间发生着。

葡萄，我默念着这个古怪的名字，吃葡萄的速度已越来越快，引起我姐的抗议。她说刚刚吃一粒，我已吃两粒甚至三粒了。葡萄，我管不了那么多，这个词在脑子里此起彼伏地发出声音。而且，这不能怪我，葡萄到了嘴里之后，自动冲进嗓子眼；它们挣脱了咀嚼，争先恐后钻进肚子里，和我有什么关系？葡萄。

我听说葡萄是冯阿訇所卖时，更惊讶了。冯阿訇住在我们去剧院那条路的边上，胡须银白，脸色干净，向每一个路过的人亲切地打招呼。他家里有葡萄，这就不奇怪了。

当最后一粒葡萄丢进嘴里后，我以极大的毅力把它取出来，放在桌上研究。剥去它的紫衣服，它像雨衣一样光滑。里面的果肉像模模糊糊的绿玻璃球，镶嵌着纵横脉络，籽坐在当中，这就是葡萄。但为什么这样就不清楚了，也许冯阿訇知道。它很软，不像苹果或土豆那样脆或暄，咬一下也没有咬梨的"咔嚓"声。

葡萄，那时我会不自觉地吐出这个词，像打嗝一样，像金鱼在水面吐出的气泡。

有一天，我终于下决心去拜访冯阿訇，这距我吃葡萄已逾半年多了。我记得他永远站在菜园对面的高门楼下，衣衫干净，笑着跟人打招呼，嘴唇红润。到了之后，却没见到阿訇。我来回走了几遍，没见到他出来。事实上，那一条街都没有人。肥硕的白菜望不到边，蝴蝶追逐着渠水飞向远方。冯阿訇的家，院门紧闭，里面是树与飞檐的青砖瓦房。我只好回去。

葡萄的事情刚刚被忘记，我和父母上街，不期然见到了冯阿訇。我挣脱母亲的手，飞跑到冯阿訇面前，敬一个礼，说："阿訇您好！"

冯阿訇被突如其来的礼遇感动了，父母对我的行为也满意。阿訇问"几岁了，学习好吗"这些问题，我不言语，全由父母作答。

"走吧，"母亲说，又向阿訇解释，"我们上街。"

"好，好！"阿訇说。

"不，"这是我在心里说的，我紧握着阿訇的手不动，在心里说，"你们上街吧，快走，走得越快越好。"

父母见我不走，有些尴尬。他们觉得我平时并不是这样，说："走啊。"

"不！"我开口告诉他们。

阿訇笑了，用慈蔼的眼光征询他们的意见。

"走啊！"我爸几乎要发火了。

"快走啊！"我姐很急躁，她要为"六一"买一条裙子。

"不！"我紧紧握住阿訇的手。

我爸谦卑地向阿訇笑一下，说："阿訇，这孩子没礼貌。"

阿訇说："很好啊。"

我爸把我的手拽开，夹在肋下上路。我不禁涕泣，双脚踢蹬，把一只鞋子甩到渠水里，另一只甩到白菜地深处。我姐姐不得不下水并猫腰在菜地里寻找。

那天，他们疑惑不已，互相探讨，"这孩子到底怎么啦？"而我，拒绝了他们给我的买小人书、山楂冰棍以及上公园看熊等所有诱惑，心里只有美丽的葡萄园。

悬崖的玉米

十月份去新宾,毗邻行车道有一条正在修的高速路。

高速路真厉害,逢山开道、遇水架桥,难不住它。我目光随它的建设步伐往前看:一处山崖被劈开,陡面约十米高,上面站着大队的玉米。玉米站在悬崖的尽头,它前面连人的一只脚都站不下。秋天的玉米,叶子肥卷,深绿里的紫色如笔痕。成熟的玉米棒像它身上斜挎的匣子枪,每株斜插四五个,个个神气。这个土崖楔子形,一侧深沟,另一侧是劈开的道。你看崖上这一群玉米,像听到召唤从四方汇集此地,也如玉米的江水流到这里停下了。它们的叶子带着晚秋的紫,流苏穗老而飘零,真是悲壮。我第一次看到玉米的悲壮,即走投无路绝不退去的决绝。像丘吉尔在英国最危难时刻对国民宣誓:never, never, never give up.(绝不,绝不,绝不放弃。)日头偏西,余晖把劈开的崖壁刷上鲜艳的黄,玉米的叶子反光,如水碗。一群乌鸦呱呱叫着,从玉米头顶上飞过,它们黑色的翅膀分割橙色与水蓝的天幕,像斯密波尔的丙烯画。

风吹来，玉米甩开袍带，甩到彼此的身上。风吹得更大一些，玉米相互靠在一起。在如此明亮的黄昏，夜色正从脚底向上弥漫，玉米们在悬崖的风中拥抱。它们何止通人性，它们就是人们，成百上千，每株玉米都有心肠。

对自然真的不能仔细看，看进去觉得跟人间一模一样。我替玉米们怆楚，为它们被悬崖阻隔而无回路的命运，并觉得崖下有一条江流过才好。江水不必清也不必静，浑浊地流淌过去，跟玉米上下呼应。可惜美术家没看到这个场景。

转一圈儿再看崖上的玉米，感到它们勇敢。这是我所看到最勇敢的玉米，好像一群抗战时期的河北农民，顶着日本人的枪口。如果在每株玉米头戴一顶草帽，就成了游击队的整编师，气势可吓跑任何正规军。

多高的山上有多高的水，这话没错。玉米长在高高的崖上，长势那么好，不缺水分。它们站崖上看公路人来车往，不知心情怎样。那时候，觉得做一株悬崖玉米也蛮好，站一个秋天。

一粒米重如山

一个人在童年所接受的观念,无论它来自谣曲、格言或俗语,会牢固地烙在心底,终生明晰。就是说,你在成年之后用理性的、分析的手段也无法驱逐这种观念。

童年的心地是一片空旷的、满是蜂蜜的田野,即使一片羽毛飘下来,也会牢牢粘住。

我长久不忘的一句话,来自童年,是母亲说的——

一粒米重如山。

这话的本意是珍惜粮食,但它对我却没有止于这一层含义,如戒律,或更神秘的谶语。每粒米在我眼里非常神圣。我感到对粮食的轻狂会导致一场莫名的灾难。

因此我吃饭不敢剩饭粒,脚踩地上的米粒则不自在。倘若在街上看到垃圾里有白花花的大米饭,便要触目惊心。这时,那句话不召自来。

——一粒米重如山。

山可以把人压死，你怎么敢去亵慢？尽管我曾用各种道理试图解开这个可怕的来自米的威胁，但无效。每当心思在剩饭之间犹疑时，它在心里朗朗响起。

——一粒米重如山。

我摆脱不了它，只好顺从。如同拜物教的一种，也可以叫"恐米症"。

恐惧是一种古老的情感，从人类早期开始，一直追随到今天。对一些不明白的事情，不妨去怕，反能心安。现代人的问题不是怕得太多，而是什么都不怕。在这种心态下受到伤害最多的是环境与资源。在本世纪，科学把中国人的心灵从鬼神的阴影下解放出来，同时又为生活提供了便捷与富足的可能，仿佛一个挥霍的时代已经到来。在这种"什么都不怕"的境况下，环境日益恶化。

佛教中有"不杀生"之说，这种庇护不仅包括了人也包括了野生动物。伊斯兰教在"斋月"期间、太阳彻底落山之前信徒不能进食。饥饿感导致怜悯心，一个从来不知道饥饿滋味的人永远也不会怜悯穷人，同时"斋月"也是对资源中最重要一种——食物的珍重，使人想念并爱粮食，像我一样不敢踩在粮食身上。而基督徒要在每餐之前背诵祈祷文。他们赞美上帝的时候选在吃饭之前，大有深意，实际是在赞美人类得以苟活到每一顿饭的理由是由于他们仍然据有资源，包括产生资源的环境。基督徒把这样的赞美献给上帝。事实上，每一种宗教包括民间禁忌产生的原始动因，都包括了这样的考虑：人的生存与使其生存的环境之间的共生关系。如果一个人不敬畏粮食，那么天地间还有什么其他可以敬畏的东西吗？如果一个人不爱护环境，那么他到底要爱什么呢？在成为人的食物之前，米是庄稼，是漫山遍野的精灵，是土地怀里的孩子。天神牧养的畜群，是生长绿色的种子，是陆地结的珍珠。

我在电视里看到,当东北的灾民在屋顶被救到船上时,他们死死盯着在洪水里露出一点穗的高粱,泪水旋眶。那种神色,如与亲人执手诀别。对佛门中人来说,"不杀生",甚至包括了不损害一草一木的含义,它们均有佛性,哪敢随意摧折。佛经中透露过这样的意思,草木虫蚁不仅有佛性,而且可与释迦牟尼平等,谁敢害它们?

我的朋友、小说家郭雪波是我同乡。一次他说,咱们科尔沁人实际信萨满教,信奉多神。山里树上都是神,谁也不敢砍树。我一想,的确如此,故乡人不砍树。不久前我在西康的贡嘎雪山脚下的一间客栈里和藏人聊天。他们信本波教,也是多神教。

我问,树上有神吗?一个红脸膛的名字叫安波的藏人自豪地说,那当然。我说,谁也不砍树?他说,那当然。在风雪中,我一下子想起郭雪波说过的话,人那么聪明干吗?不如信萨满教,至少树们平安。郭和我一样,无比爱树。

我在信萨满教之前,已经奉行"拜米教"。虽然有虚伪的时刻,譬如饭馊了,我指使媳妇倒掉,勿使吾心不安。假如是剩菜我则弃之并不手软,因为心里没有"一粒米重如山"这样的芥蒂。尽管饭菜在生物学上都叫蛋白质或碳水化合物,在经济学上叫资源。

童年的观念会有这么大的力量,我则盼望天下母亲在为孩子开蒙之时,把爱护环境与珍惜资源输入孩子的头脑,使其奉行终身,这实在比乱七八糟的知识,以及钢琴书法等末流小技更合人性。一位优秀的母亲会在生活中找到一个小小的、又是常常见到的东西放在孩子的心上,让他毕生恭谨,譬如——一粒米重如山。

我母亲就是这样一位优秀的母亲。

种　子

我在童年具有"种子癖"。

我把收集的种子放到一个铁皮盒里，盒有新疆人拍打的铃鼓那么大。我常举起来晃一晃，其音也如钟磬。因为里面有桃核、杏核。而苹果的籽和小麦只在里面"沙沙"地奉和，很谦逊。

我常抱着种子盒到向日葵下松软的泥土上观摩。桃核像八十岁老人的脸；麻籽里有果肉的丝长出来，扯不干净；杏核无论怎样，都是一只病人的眼，双眼皮成就尤有工笔画的意味；李子核与杏核仿佛面上多毫，干了之后仍不光洁；麦子最好看，金黄而匀称。我想上帝派麦子来，不是当白面烙饼，而是作砝码的。从掌心捏麦子，一粒一粒摆上，仿佛什么事情就要发生了。我还收集过荞麦的种子，因为弄不到，就把枕头偷偷弄了个洞，搞一些出来。当然这只是荞麦皮了，但我小时不计较这个。因此我让荞麦在盒里当警察。我收集的种子还有红色的西瓜籽、花豆、像地雷似的脂粉花的籽以及芝麻。

我在种植之前，多次召集它们开会，为它们先王。举起盒子"哗啦啦"晃一阵，表示肃静。桃核常常有一种霸王的气势，但因为愚昧，很快就被推翻了。杏核表示无意于高位，而黑豆与绿豆太圆滑，玉米简直像个傻子。最后麦子当选了，即最大的麦子籽，我在它身上涂抹了香油，又按着桃核与杏核的脑袋向它磕了三个头，让小红豆做他媳妇，芝麻做他的智囊，西瓜籽每天必须向他溜三遍须。

  我不明白为什么鲜艳多汁的杏肉会围着褐色的核儿长成一个球。它们是从核里长出来的呢，还是生长时暗暗藏着核？而麦粒会向上长成一根箭。我在吃东西的时候，遇到种子就会停下来。苹果籽像婴儿一样睡在荚形的房子里，和其他兄弟隔一道墙壁，永远也见不上面。而黄瓜籽活在黄瓜的肠子里，密密麻麻像搞杂技的叠罗汉。而鸡蛋就是鸡的子了，而世上许多东西没有籽。我在赤峰电台工作的时候，曾有一位患强迫症的编辑，把办公室的红灯牌收音机在半夜偷偷埋入地里。别人发现后，他说：明年它会长一个半导体。

  他在为万物寻找母体与种子的关系，把相近的事物看作是生育的关系。

  种植的时候最让人激动。当你把随便什么核或籽扔进地里，看它孤零零地躺着，替它难过，又替它高兴。它要生长了，也许被埋葬了——如果它不生长的话。我再也见不到你了，除非你明年长成树。而长成树我也见不到你了，因为你变成了树。浇完水之后，立刻进入了盼望的焦虑里。你坐在土地上，静静等待种子破土而出，是天下最寂寞的事情。

  而我所种下的，除了几株草花之外，多半都没有发芽，几乎个个欺骗了我。我扒开土观察，于是又见到了它们。还是老样子，但庸俗，没有灵性。我只好放弃努力，去抚爱那些并非由于我的原因而自由生长的植物，如辣椒，如杨树，如在屋檐下挤成一排的青草。青草甚至从甬道的砖缝里长出来，炫耀着毛茸茸的草尾巴。我从书上看到，青草的种子除了在风中播撒之外，还有一些是由鸟儿在身上夹带到各处的。当天空飞过鸟儿，或电线杆的瓷壶上落着小鸟时，我就想，这家伙身上带来多少草籽，又把草籽带到了多么遥远的地方。

第十辑　鸟

白马寺的鸽子

在我的印象里，白马寺这个名字比别的寺名更灵秀纯朴。拜谒归来，得到的也是这个印象。由此想起平山郁夫画的淡绿调子的丝绸之路系列，想起玄奘大和尚。读他翻译的心经，偶然间，心会跳出来揣摩玄奘和尚当年从白马寺的石阶走下来，袈裟普通，手里握一卷经书。

到白马寺，和尚们正作晚课，深红的殿门里一片明黄的僧衣。诵经声和着木鱼，深情委婉，香炉烟气缭绕不散，像给黑铁大香炉包裹白纱。再往上看，一只灰鸽子立檐上，分明来听取梵唱。和尚诵经，池边金鱼汇聚来听，这是我在杭州见过的。我也见过燕子听经，这样的事其实并不神秘，许多动物喜欢听音乐。静谧的旋律、安详的气氛会感染所有生灵。小鸽子站在一片灰瓦的檐头上，像探头往里看，又像回味经文，为古刹添一份意想不到的生气。

鸽子挺着骄傲的胸脯，仿佛经文为它而诵，这样理解也对，佛法为天下所有生灵祈福，包括鸽子。它摇动小脑瓜看古柏，看香烟缭绕。眼前这棵古柏，据说已生长一千五百多年，树身纹理拧着劲长上去。

对面的松树与凌霄藤共生八百年,树枝向殿内倾探,也像听经。一千多年了,这间大殿的诵经声绵延不息,不知多少小鸟、松鼠来此闻悉。寺外的野草野花每天也在这个时候听到海浪一样扑来卷去的法音。

诵经还没结束,鸽子飞起,在木檐和柏枝间起舞。所谓起舞是它不落下、不飞远,扑棱着翅膀旋来旋去。这情景被我看到,心里感动。跳完舞,它又站到檐头。做杂役的和尚收拾庭院,落山的太阳把树枝映得像一幅黑红分明的版画。小鸽子还没打算飞走,也许今晚就住在庙里了。一片安详气氛包裹着它,睡吧,梦里香甜。

甘丹寺的燕子

燕子,挺着白色的胸脯,在雨前凝滞的空气中滑翔,离地面越来越低。艳阳天,它们不知在哪里。

燕子,骄傲又轻盈,恰是少女的特征。在乌兰乌德(布里亚特共和国首府),我见到一只通灵的燕子。虽然有人说燕子全都通灵,但这只燕子有故事。

甘丹寺在乌兰乌德郊区,寺旁密生黄皮的樟子松,夕阳从树缝射入,它们披挂黄金的流苏,倚靠黄绿两色的庙宇琉璃瓦,真是脱俗。

"如果你秋天到这里来,"住持强丹巴说,"树林像包上了金箔。再往后,白雪盖在上面更好看。"

第二次进庙是录一首梵呗。布里亚特蒙古语的喇嘛唱诵,述说人行善得到的从第一到第八十一种好处,生动甚至风趣;多声部,石磬伴奏,和声跟樟子松的香气好像有神秘联系。

大殿上,高大的佛菩萨像从西藏和印度运来,无数铜碗燃亮酥油灯。

强丹巴看一眼手表,"一会儿诵大悲咒,燕子就来了。"

"燕子听经?"

"对。"强丹巴说,"这个燕子不是每天来,初一、十五肯定来,有时住在殿里。村民把家里的酥油灯送进庙里,燕子给他们点灯。"

"点灯?"我以为自己听错了。

"你看,这是灯,灯芯在这儿,对吧?村里人把灯放在佛前,喇嘛用火柴把它点着,对吧?"

"对。"

"这时候燕子从梁上飞下来,喙在这个灯的火上啄一下,放在那灯上,火上有油。特别快,不快就烧着燕子了。酥油灯就点着了,可好了。"

身披绛红大氅的喇嘛陆陆续续进殿,落座。

他说:"燕子该来了。我给它起名叫'卓拉',意思是佛灯开的花。你听过大悲咒吗?知道词吗?"

"听过。"我扭捏一下,"记不住词。"

"噢,没关系。其中有一句词燕子随诵,一会儿你听。"

螺号声起,强丹巴领诵,众喇嘛齐诵大悲咒。深浑的低音伴随高低错落的梵语经文,声音吐露无畏纯真。每次听闻,我悉有泪涌。经诵到第二句的时候,一只燕子悄然飞落在梁上,俯首。我想起燕子随诵一事,看燕子中间好像张一下嘴,我分不清是哪句。燕子在第二遍和第三遍诵经中都张一下嘴。

结束,强丹巴问:"听到燕子念经了吧?"

我老实说:"没听到,它好像张一下嘴。"

"对的。大悲咒开始:南无,哈辣达奈,多辣亚耶,南无,窝力耶,婆卢揭帝,索波辣耶,菩提萨埵婆耶,摩诃萨埵婆耶,摩诃、迦卢尼迦耶,安。"

强丹巴停下来，认真地说："这是第十二句，安。这时候，燕子张口叫：安。"

"它懂经文？"

"懂。能说的就这一句。这个燕子还救过我的命呢。"强丹巴说。

甘丹寺早先没这么好，只有几间旧僧舍。强丹巴自个儿在这儿修行。

他每诵大悲咒，燕子卓拉就飞来，他们那个时候认识的。一天，强丹巴病了，躺了几天几夜。他要睡，枕边的燕子啄他眼皮，怕他死了，不让睡。后来，强丹巴把僧衣剪下一小条，写上字，对燕子说："卓拉，你可怜我，就把这个红布条送到莲花寺住持僧格的那里。"燕子衔着布条飞走了。不久，莲花寺的僧格骑马来到，吃了僧格的药，强丹巴病好了。

强丹巴说："动物啊、草木啊，都有灵。你用好念头对它，它就对你好，这是常识。"

他说这是"常识"，我却惊讶。我们说话的时候，燕子卓拉在梁上一直露着小脑袋听。强丹巴看它，说："我诵大悲咒，你注意听第十二句。"

"南无，哈辣达奈……安。"

燕子张嘴出声，像"啊"。真乃如此。诵毕，我问大悲咒经文是什么含义？

"除去一句，都是菩萨的名字啊。"

燕子点头，飞出殿外。

麻　雀

  鸟儿是给人类带来自由幻想的动物。飞翔、羽毛、鸣唱，都是人类想据有的优势。除了鸣唱外，哺乳类动物永远也不可能飞翔和长出羽毛。而鸟类一定不喜欢人类，人类所有的，没一样为鸟类羡慕。鸟儿会想学习猎枪的射击方法吗？对打麻将和成为比尔·盖茨它们同样无兴趣。从动物形态学与行为学上说，人类除了劳动与思考外，恶习实在太多，而思考所产生的恶习更多。除了猴子——这种不正经的动物偶尔模仿人类的动作外，所有的动物都没有模仿过人类，它们不想做人。而人类在艺术和体育里不知深浅地模仿奔马、鹰、虎甚至孔雀的动作。动物对此从未感激，它们对人类的举止感到恐惧。

  彩色的鸟儿在城市里几乎灭绝。对鸟类这种视觉发达的昼行性动物来说，羽毛敷彩，是它们生存与繁殖的标识。但人类的视觉同样发达，因此彩色的鸟儿消失，只剩下麻雀。麻雀、老鼠是人类在城市里数量最多的动物伴侣，昆虫伴侣则有蟑螂蚊蝇，至少我所在的这座城市如此。

我喜欢麻雀，把它看作是鸟类派驻这里的代表，像两国交恶留在使馆的工作人员一样。它们傻，无论环境多么完蛋都飞来飞去。它们具备鸟儿的一切所有：强健的胸肌，身上交错的骨梁，骨骼中空质轻。麻雀像其他鸟儿一样，听力良好，可以分辨百分之一秒内两个不同的频率，这对人类则不可能。第比尔根和罗依那的鸟类学著作表明，鸟类有可能听到比人类音频能力低的频率，这让发烧友嫉妒，人们对音箱的奢求就是低些、再低些。但你耳朵不行，怨谁？我在操场跑完步，常观察麻雀飞翔、行走、啄食。麻雀走路是可笑的，不能用左右爪交替前进，像被电击般双爪一并弹向前方。鸟类中仿佛水禽才会左右爪开步走。瞩目麻雀蹒跚时间长了，忽见操场外有人双腿交错走，反觉可笑。鸟类的阶级无论怎样划分，麻雀都是贱民。它们自己也知道。瓦砾上、废井里、草丛中，哪儿都有麻雀之旅。它们简直就像天上的老鼠。有一次，我见一只麻雀嗖地钻进学生废弃的破足球鞋里，然后扑棱，半天才退出来，吓坏了。它觉得又遇到了1958年人人敲锣消灭麻雀那个运动。在一国范围内，人人动手剿灭某一种鸟类，在历史上无二例。

麻雀在小树上俯冲落地，再飞跃而上。我觉得这和觅食并无关系，而在炫技，像庄子写的那只鸟儿，它鄙夷鲲鹏，起飞太过隆重。如果看到麻雀炫技，感到鲲鹏升空是麻烦。而麻雀，如某电梯广告词所夸赞过的，是"上上下下的享受"。而麻雀的空中一掠，也给城里人的视觉带来悦意。我们的天空毕竟还有飞翔的生物，这也得感谢麻雀。

多年前，我随父母入五七干校，在当地读书。老师中有一姓姚的，教英语，南方人。他右腿因为踢足球受伤把髌骨摘掉了，走路像木头一样直。姚老师清华毕业，被其他工人出身的老师冷落，而他对我们也很冷落。冬日晚上，姚老师直挺挺地走到一口石砌的井旁，罩上捕鱼的网。第二天早上，无数麻雀在网里挣扎冲突，冲着无光。它们的小爪子攥在网线上摆头伸翅,绝望极了。姚老师收网时,井边已有同学围观,他们称奇。姚老师冷峻地把网绳一拉,甩肩后,背一团乱麻雀回屋。别人说,他用盐花椒水和的稀泥糊住活麻雀,一个个扔到火盆里,烤了吃。我不太信,姚老师一个人能吃那么多麻雀?在他屋后,看到了细洁的骨头;很远的渠里,也见到了小细骨头,泛黄了,夏天被雨水冲过来的。

鸟儿叮咛

没有比鸟儿更絮叨的了。以后,鸟儿如果在地球上消失,一半是说话累死的,另一半是被其他鸟说话吵死了。

一棵大树,树叶何止千片?每片树叶后面都可以藏一只鸟,吱喳没完。我在树下,耳边环绕哗然鸟鸣,几百只或许上千只鸟一起说话。我用耳朵分辨不出有多少只鸟,心里也算不过来一瞬间有多少只鸟叫了多少声。就像大铁锅炒黄豆,你算不出一秒钟爆多少声,记不住哪颗黄豆爆了,只见黄豆此起彼伏地抽搐,啪啪,然后啪啪啪。

人见得到锅里的豆子,见不到树上的鸟儿。仰视树,只见到树,而鸟儿的话语像被筛子筛落一般漏下来,比落叶还多。假如,鸟鸣的声波可以用颜色标注——在一个可视的仪器里,那么,这棵树将落下粉红、莹蓝、明黄的光粒,是一串烟花似的鸟鸣。

听声音猜不出小鸟羽毛的颜色,不知哪会儿,一只鸟儿嗖地弹到地上,啄一口东西仰头咽下去(鸟儿动作太仓促,吃没吃到东西弄不清)。这是蓝羽毛的鸟儿,比麻雀小一圈儿。它向后梳的背头一直梳到尾巴上，是孔雀蓝——我姐小时候有一条这种颜色的条绒裤子——它的眼睛描了白圈儿，喙是……它飞了。我听到树上鸟的合唱中有一声弱弱的"唧唧"，是它在叫吗？又有一只翠鸟以眨眼般的速度落下来，像被别的鸟儿从枝上挤下来的。这只鸟转圈儿蹦高，何事乐得蹦高？它翅膀如柳树的嫩叶那样绿，脊梁像柳树到了秋天，深绿里带着灰。这个鸟儿的叫声是"吱儿、吱儿"，像往葱叶里吹气发出的声。它飞走了，演出到此结束，再演该收票了。

我在树下坐着，尽量不动，也不敢打喷嚏和呼噜，为看到从树枝上下凡的小鸟。我希望每一种类的小鸟，或每种音色的小鸟派一个代表下树接见我。我承诺不动手捉你们，我把两只手紧紧攥在一起，不动。鸟儿下地散步的少，除了蓝的、绿的和两只灰鸟下来待过几秒钟。这四只鸟儿胆子忒大，敢在人身边待上几秒钟。人说人坏，动物和鸟类比人更知道人的坏。小鸟敢落在黄牛和母猪的背上，没鸟敢落人背上的。这人八十岁了，也没鸟敢落在他背上。

现在是早上，从屋脊越过的阳光照在草地上，漫进阳光的草地上还有白霜。青草站立，而去年的枯草还匍匐。

鸟儿一天的话说在早上，中午、下午和晚上听不到它们发声。它们在说什么呢？鸟儿一定看到了人看不到的有趣的东西，交流所见。昨夜下过雨，落叶松下面棕色的松针被洗得干干净净，像一地打碎的木梳齿。鸟儿们传布着一个消息：松树下面摆着木梳，卖木梳了！喜鹊喜欢从这棵树尖飞到另一棵树尖，空中只出一声——嘎，落下再叫——嘎嘎。鸟里面，它算寡言者。喜鹊没办法像小绿鸟小蓝鸟小灰鸟那样在树枝上乱钻，它的大尾巴碍事。

湖上的冰层化开又冻，再化再冻，现在剩有奶酪薄厚。冰下模糊移动的黑影，是草鱼的脊背。花猫把人吃剩的鸡骨头拖进一个废弃的洋铁皮炉筒子里。这些事都看在鸟儿眼里，是它们谈话的内容。树林西边是一条铁道线，火车汽笛一如圆号的声音，浑厚而干净。当年设计火车汽笛的人一定是一个音乐家。火车停下来的时候会泄气，嗞——白雾包围了机车，它仍然缓缓移动。而到了晚上，一列火车飞驰而过，窗户如一串飞越夜空的灯笼。深夜里，见不到车，只见灯笼飞奔。这些事情都是鸟儿要说的话。

南面的湖水已经开化很久，有两只野鸟泅水，脖子一伸一缩，如互相叮咛——水凉啊，是的，水凉。——但天气很好，不错，很好。——你觉得有风吗？不是风，是树林的气息。

它们游着，它们端详对方游，仿佛不留神，对方就会沉下去。水面从野鸟胸脯间划出八字的微痕，它们点头、互视、不断叮咛。树上的鸟鸣，也可能是情侣之间的叮咛。它们不怕别的鸟听到，别的鸟也不怕别的鸟听到。情话乱成一锅粥，不怕别人听。

对，鸟儿们说的话跟猫无关，跟火车也无关，是彼此体贴的情话。它们一遍遍叮咛对方，不管对方是不是在听，说到筋疲力尽。

鸟儿在嘲笑什么?

榆苑冒一片浓烟,过去瞧,工人烧荒。借春风,把地上厚厚的茅草烧尽,化灰肥地。男工人穿迷彩服,亚热带丛林作战时的伪装衣现在普遍成了劳动服。女人戴口罩,扎厚头巾,穿运动服。他们手举铁锹扫帚,面对四处奔突的火焰。枯索的早春,火焰以其明亮的活泼让人爱也有点不安。如果火窜树上,铁锹扫帚伺候。工人是附近的农民,在园林打工,女人的运动服是孩子穿剩的校服。

草地过火之后,留下流动的痕迹,像急流冲过。是说,枯萎的一尺多高的草被水冲过,如头发卷曲地面,火烧过,黑色的灰烬留下水流一般的波纹。脚一踩,炭灰"噗"地没了。看上去,灰是黑炭,烬是白炭。一夜过去,风把黑白炭吹跑了,地干净,露出一绺绺的青草尖。它们烧不尽,草尖却黄了。

到今天,青草还没有成片出现。一条被人踩得光亮的土路上,青草露头儿。它们挑土硬和人走过的地方先发芽,真犟。青石板台阶的缝隙先出青草,横竖划出绿色的格子,比地上绿得快。

英不落的园林除去亭子，还有雕塑和桥。有一个通往湖心岛的桥凹兜向下，如同把赵州桥造反了，行人由上而下再上，从功能说，也属于桥。雕塑是这里的大观。一个女武术家塑像背剑矗立，二指冲天。塑像跟基座相比显单薄。周围几棵柏树长得太快，把武术家挤在当中，成了隐蔽的哨兵。看得出所有的雕塑系出一人之手，无不写实，一丝不苟。人和动物若做成塑像，必须变化，而不能按解剖学的比例做，写实就失真。古希腊的雕塑若看着写实，也只在"看"时，再看，比例全有改变。某楼前一座母子鹿雕塑，难为了雕塑家，它们的嘴太像嘴了，微张的样子像念俄文单词。鹿的犄角和尾巴断了，放在边上。放生池有一座少女塑像，高挑身材，纱衣，腹肌做得很好，长发却像一卷书。还有一座白大夫塑像，他热切地凝视前方——晋察冀边区受伤的将士，想起白求恩遗嘱——"把我的行军床送给聂司令，皮箱送给贺司令，马送给冀中的吕司令。请加拿大党组织关照我的妻子……"

林中出现新挖的树坑，堆着的土像洗过。土在土的里面就是新的，没有灰尘。那么，什么是灰尘？它不是土吗？从树坑边湿润、带纹理的土看，土是土，端正，质地如一。而灰尘是灰尘，到处跑，它们弄脏了土的外衣。灰尘和风是一伙的，土没有和它们联盟。走着，见一根电线杆子，木质，裂缝，刷黑色的柏油。如果在林中见到一根电线杆子，谁都想骂它。和树一般高一般粗的电线杆子，虽然直立，却像叛徒，像水货，像欧典地板，或暗探。它的头上穿过电线，打扮得如同公家人，但还不招人待见。我拍拍它，说：回去吧！

鸟可能会笑。快到家了，东边榆树传来"唧唧——"刚抬头，西边"唧唧"。鸟在一秒钟换了位置，后一句"唧唧"听着像"嘻嘻"，它在嘲笑人。鸟惹不起人，只好嘲笑一下，笑他们浑浊的眼力、迟钝的听力以及转动脖颈的笨拙。没安滚珠儿，没安万向轮，怎不笨拙？鸟儿打不过人，也科技不过人，却可以高距人类头顶，看这帮没翅膀的家伙在地上埋头走,用声音追他们。早上看电视,一位野外动物学家说:"人们不一定能发现珍稀动物,要靠动物的粪便判断其行踪。"

对城市人类学家来说,靠人类粪便判断他们是什么人、在搞什么,实在太难了。腊八蒜、烤鸡胗、扒口条、鱼香肉丝、汉堡,他们什么都吃。

鸟 居

辽宁大学操场东侧有一个掷链球的场地，六菱形，五个面由三米高的铁网拦着，另一面是链球出口。从未见什么健儿掷链球，水泥地的边缘长满了苜蓿草和拉拉蔓，网上有几只快乐的小鸟儿。

鸟儿的双爪在胸前捉住铁网的丝格，像我们抱着一棵树，眼珠滴溜溜地张望，这一定很舒服。如果人攥着铁栏杆向外看，样子悲壮，让人想起诸先贤，喜欢俄苏歌曲的则以喉音低唱"感受到不自由是莫大的痛苦……"车尔尼雪夫斯基最爱唱的歌曲。但鸟儿振翅一飞，已到铁网的另一面，双爪当胸了，非常妥帖，这个网的上空是敞开的。原来鸟儿这么喜欢铁网，动物园里也是这样设计的。辽大的鸟儿不断伏在铁丝网的里面和外面，从外面看里面，又从里面看外面，很懂哲学。也像一个窃贼反复享受释放——逮捕——释放的乐趣。

我走过去了，三只小鸟很不情愿地飞到树上，齐齐地看着我，担心搞乱它的家园。其实没什么可搞乱的，既没有床单，也没有冰箱彩电。我很累，刚跑完五千米。为了让小鸟忧心如焚，我故意弄乱沙子，用手指在铁丝网上飞爬。它们一定含着眼泪想：完了！完了！这家伙要占领这个好地方。

网下是茂密的草，苜蓿在每个叶的腋窝里都探出一束未放的花朵，边缘是艳红的，像我们小时候，左手攥着右手刚露出一点儿的五个指头，假装是狗爪子。或让别人猜哪个是中指。苜蓿未放的小花也这样使劲攥着，花一开，雪白，红色一点儿都没有了。

兔子最爱吃苜蓿草椭圆深绿厚实的小叶子。我曾经问过曾祖母，兔子吃苜蓿到底是什么滋味呢？她说，就像你吃苹果一样。这话给我留下的印象非常深。后来一见到苜蓿草，就焦急地张望，希望有兔子来。而见到一望无边的苜蓿，竟替兔子心疼了。拉拉蔓是琐碎的东西，从头到脚全是草籽，假装富足。你难道想冒充麦穗吗？看到草的高低起伏，我想上帝在云端看人间的森林也不过如此。因而我希望在荫翳蔽日的草的茎叶下，走来一队小心翼翼的探险者，即使我在其中也很好。打着裹脚，握刀的手早已汗湿了。这时我想起小学一年级时，老师教的一首歌：

  高高的兴安岭
  一片大森林，
  森林里住着
  勇敢的鄂伦春。
  一呀一匹猎马
  一呀一杆枪……

唱"一呀一……"的时候，舞蹈如下：一只手放在背后，另一只手伸出，一条腿抬起，头偏向一方。可见当一名鄂伦春人也是快乐的。那么这里就是小鸟儿的兴安岭吧。

我不再久留，刚离开链球场，三只小鸟儿箭一般地扎下来，回到它们魂牵梦绕的家园。什么东西都有一个顶好的去处，譬如我们认为黄山好。对小鸟儿来说，能到带铁丝网的链球场最好，它们——用旧小说的话讲，是——在此享尽了荣华富贵。

鸟群飞过峡谷

从山顶往下看,峡谷飞过的鸟像一群鱼游过白雾的河流。

鸟脊背黝黑,张开翅,伸出尖尖的喙。

高山顶上草叶凛然。所有的草都蹚过云的河流,被云抱过又松开。山顶的草瞭望三十里外的风景。

鸟群飞过峡谷,像钻进山的口袋。悬崖的野花数不胜数,孤松的松叶是一把梳过流云的木梳。

鸟逆风而飞,气流裹着水的湿意,天空的蓝色只剩下最后一层。蓝的后面,清白无尽。

鸟群像从山顶撒下的一簸箕树叶,树叶在风里聚首,重新攒成一棵树。

高山高,风吹走了山顶多余的装饰之物。石头缝里没有土,只有树,低矮的松树抚倚巨石。被风搜索过的山顶,野花贴着地皮,花瓣小,如山的领子的纽扣。

山顶见不到鸟栖,如同见不到野果和草籽,岩石在风中眯起眼睛,鸟粪早已风干。我在山顶发现一只踉跄的野蜂，它老了，或醉在蜜里，翅膀零落如船桨，仿佛想用这只桨支起不中用的带黑道的身躯。劲风的山顶竟飞来一只野蜂，鸟飞低于峡谷，野蜂是怎样飘上来的呢？

鸟在峡谷里飞，像在隧道里赛跑。风把隧道挤出裂缝，逆风的鸟，翅膀集合着满舵的力量。从生物生理学说，胸大肌在鸟的身上占了最大的比例。鸟的胸肌牵拉翅膀，一升一拍，力量比人做单杠的引体向上大百倍。

小小的鸟们都是力量家。啄木鸟用喙敲击树的力量有几十公斤，鸟的双足从树枝弹跳起飞，力量有十几公斤。没有弹起的高速，鸟飞不起来。鸟身上没有赘肉，它们不贮存脂肪。最可喜的是鸟的羽毛，那是一片压着一片的花瓣，如绣上去的清朝官服的补子，是仿生学家至今没研究清楚的防水防寒的系统工程。

山顶的野草只有短短的叶，趴在石头上。在风里，它们习惯于匍匐的姿态，人间叫低调。自然界的事物没有一件不合理。没有哪种动植物违背环境伦理而高调，它们不会无理由地高大、绚丽、尖锐、臃肿或苗条；它们不做不近情理、不知好歹的事，它们不是人。山顶的石头如桌如凳，宛如待客之地，常来坐的只有白云。

白云携二三子，来这里歇息，或晤谈。人想象不出云彩在一起谈一些什么话，如古人云的云。去白云坐过的石凳上坐一坐，有成仙的意味。凡此类可以成仙之地，风都大，裤子呼啦呼啦灌成两个面口袋，头发如水草朝一个方向漂，耳朵里灌满风声。那么，成仙之后做什么呢？什么也做不成，风太大。站着趴着都不适宜，看书唱歌也不适宜。成仙需要一般人不具备的坚强。小鸟们都不想成仙，从峡谷飞过去，像一群鱼。

第十一辑　火

火

蒙古人不让人往火里掷石头、不许往火里泼水、不可以向火吐唾沫,他们不允许轻慢地对待火,就像人不能往自己父亲的脸上吐唾沫一样。

蒙古人认为火是生命,是神灵。

蒙古人这么想很对头,火如果不是生命,世间哪还有生命?所有的命里面——无论是小虫的命、老虎的命、人的命、树的命、云的命——最旺的就是火的命。

火的命长在身体外边,飘摇、高举、蛇的腰、热,能把人烧出油来。火除了怕水,不怕一切。我在大连中石油的火灾中得知,火可以把十公分的钢板烧成纸那么薄,把一米厚的水泥隔离墙烧成粉,把钢板管道烧得吱吱响。火,你到底是什么?请告诉我们真相。

大连的火灾让人知道,燃烧是火,不燃烧也是火。不燃烧的火藏在管道的油里,遇到氧气才现形;现形之前,它仍然是火,只是人类的眼睛看不见。它用热辐射把金属灯柱烤弯,剥夺人身上的汗液甚至唾液，这就是火。

火像花朵，是跳舞的花朵。火苗们手拉着手跳转圈儿舞，橘红的火焰镶一层红边儿，白色的火焰镶一圈儿蓝边。火的头发如烈马之鬃，火是一匹马。

用火柴点燃一张纸的时候，纸抽搐，曲折的黑色边缘收缩。火苗初起很小，火好像胆子也很小，烧大之后，火伸开腰，吞掉纸吐出灰，火随之消失。

释迦牟尼佛问弟子：火苗去了哪里？

是啊，火苗去了哪里？纸烧没了，木柴烧没了，煤烧没了，火也没了，但木柴有灰烬，火却无痕。火到底去了哪里？正如它来之前曾藏在一个地方，那个地方不是火柴盒，也不是打火机。火那么大、那么旺，没有一个地方能藏得住火。火在哪里待着呢？

旧日的油灯里有另一样火。油灯的火苗如一颗黄豆，不大不小，像一颗左右挪动的金豆子，这是儿童的火，又像安静的农妇的火。这个火不野，也不跑，它熟悉农民的脸，认识母亲缝衣的针线。油灯照过并读过许多旧时的书，现在的话叫"通晓国学"。

秋天，我在悬崖上看见一小片枯草，金黄贴在地皮上。风往悬崖刮，我点燃这片草。正午阳光，竟看不到火苗。火苗在阳光下穿了隐身衣，而草在一瞬间变成黑色，好像黑的灰烬占领了金黄的草，黑色一直冲到悬崖边上。我觉得很神奇，像一只变魔术的手把草变没了。

一位参加过大兴安岭灭火的老兵问我：如果山下树林起火，卷到你所在的地带，你往哪里逃生？

我说逃到没起火的树林里，肯定是这样。

他说，起火天一定是刮风天，火跑得比你快。你背着火跑，肯定被火烧死。

我讥讽他：难道往火里钻吗？

他说对。凡是在火势不大的山火中活命的人都是往火里钻的人。火的燃烧带只有几米宽,最多十多米宽。人用三秒钟就可以跑出十米远,跑过燃烧带,就是火烧过的安全地带。

他说得有理,越想越有道理。

大凡面迎困难的人,困难都没有人所想象的那么艰难。山火中,丧命最多的是动物。动物肯定顺风跑,它们不敢往火里钻,结果被烧死。人的聪明这时候有了用处,顶着火跑,保住了命。

暗夜里,火是乱发的武士。火好像全是雄性,全急躁,全追着风往前跑,只不过木柴和煤扯住了它的脚步。火生于大地熄于大地,火是遁形的精灵。人只可扑灭一处火,而不可能消灭火。火和水、和天空大地一样,是永恒之物。

黑天使在他唇上安眠

敖鲁古雅乡鄂温克族居民的定居点由公家建造,村民免费入住。这些尖顶房子由粗拙的木料盖成,既简约又洋气。在这里,你说自己来到了北欧也不算胡思乱想。六月,长着小圆叶子的山杨树环绕着黑色调的民居和博物馆,像一群穿浅绿裙子的小孩围着棕熊跳舞。冬天这里会更好看,四五个月不化的白雪簇拥着这些笨拙的房子过冬,天空天天蓝。

我去一家访问,主人姓涂。他家的厅堂里面的瓷砖啊、电视洗衣机与城里无异,但都不是男主人用猎枪上山打来的,是政府发放。老涂客厅供着一盏灯,摆放水果香烛。我对灯盏躬身施礼,身后传来一声大喝:"好!"

回头看,一位50岁或90岁的男人从长沙发上爬起来,身上挂着好几件衣服,这些衣服刚才他当单子盖在身上睡觉。面对鄂温克、鄂伦春、达斡尔山民,我看不准他们多大年龄,他们跟大自然一起生活,像树一样老,就像我看不出树的年龄。

"我爸。"老涂指老汉。

他爸牙床瘪了，皱纹像沟壑通向嘴角。如果雨水落在他脸上，会顺利流进他嘴里。他的眼睛与这些皱纹不相干，天真纯净，有棕色瞳孔。"以后你遇到的好处，比如有漂亮姑娘吻你，或者你吃的香瓜比别人的甜，都是因为你刚才祭拜了雷击火。"

"谢谢。"我欣慰地说，心想有最甜的香瓜排到天边等我。

同行的人立刻对灯盏点头，点了十几次。我说："够了，香瓜太多，你吃不了。"

涂爸爸说："以后，你还会有珊瑚戒指戴。"

"谁呀？"同行者问。

"不是你，是他。"涂爸爸指我。我不能太贪财，说："我有香瓜就够了，戒指给他。"

涂爸爸说："这个火是雷击火，我从森林里取来的。"

喔，天火，我向火再施礼，同行者连施六个。"您取雷火做什么呢？"我问涂爸爸。

老汉非常惊讶，他走过来看我（涂爸爸身材不高，患有膝关节炎）。他看我的面孔，看一会儿，把脸拧过来看，他的鼻子跟我鼻子呈十字形交叉。

"你连这个都不知道吗？"他问。

我摇头。

同行人乐了，说："香瓜没了。"

"你的父母和老师没告诉你吗？"

我摇头。

同行人说："吻没了。"

"唉。"涂爸爸叹一口气，"世界上尽是像你这样的可怜人。唉。我们靠什么生活？火。火用来煮肉、烧茶、取暖。但这只是火的一万个作用中的一个作用。火让人心里是亮的，男人把火种送进女人肚子里，女人把火种放在孩子血里。人活着，身上是热的。他爸给他的一点点火种始终在燃烧，他死之前再传给他的孩子，这个火种藏在人的肚脐里。跟你们说这个就像对蚂蚁唱歌一样，你们听不懂。"

我们恭敬点头，表示真没听懂。

"这是平凡的火和人身上的火，"涂爸爸说，"比不上我这个火。"他闭目念诵一段祷文，睁眼说："前年6月14日夜里，山上打雷，咔、咔、咔，天雷接地雷，火蛇一根一根钻进林子里。多好啊，我穿靴子往山里走，孩子们不让去但拦不住我。林子里漆黑啊，那雨水哗哗地抢着往山下流，坑啊凹啊都看不清了。我穿皮衫上山的，你看，我把油灯浸好柴油，放在桦木扁盒里，用绳挂在脖子上，正好让皮衫大襟护着。我找雷击火来了。"

涂爸爸从桦皮烟盒取一撮含烟放在下唇的齿根处。鄂温克人爱森林由此可见一斑——嗜烟人不使用明火，他们把烟草、炭灰和红糖搅拌在一起，放在嘴里含食。

"我盼着落地雷打下来，最好落在我身边。它会烧焦一棵树，但烧不了整个林子，有雨嘛。被雷烧焦的树都是被天神选中的树，唰——一股火贯满树干，它成了白珊瑚树。但闪电在远方入地，它怕落到我身边吓到我。这怎么会？我掰断过狼的腿，怎么会怕闪电呢？"

这时候一只滚瓜溜圆的大黄狗跑进屋，钻进床下，躺在冰凉带蓝花纹的地砖上，又有一只稍小的黑狗钻进床下，一只更小的花斑狗跟着钻进床下。三条尾巴在地上拍，但节奏不齐。

"我不怕闪电，喜欢的正是它。"涂爸爸站起身，指着屋顶说，"咔嚓——我眼前一道白光。我想我可能晕过去了。等我醒过来，我躺在地上，雨水流进我的眼睛和嘴里。我上这儿来干什么？是谁把我抬到了这里？可能是孟广才把我灌醉抬到了山上。当我把手伸进怀里摸到了油壶时,嗨嗨,我是上山取天火来了。这时候看到,我眼前一棵兴安落叶松烧焦了,被雷劈到,全株都变成了炭。我爬过去摸这棵树,摸到一个地方烫手。我扒开树皮,见到了暗红的炭火。我用它点燃了我的油灯。油灯的火苗半红半黄,像个婴儿眨着眼睛,我把它揣在皮衫里面,这就是我的孩子。"

"汪汪!"三只狗中的一只在床下大叫。涂爸爸用鄂温克语训斥它一通。

"我带着火苗下山了,这是天火。谁家里有过天火?方圆一百里也没听说过,它正在我的手里。我高兴呢,大雨还是哗哗下,脑袋撞到树上也不知道,漆黑一团嘛。雷声闪电东一下西一下地弄着呢。正走着,一下掉进一个坑里,直着下去的,站在坑里,坑有腰那么深。我听到呦呦的声音,声很小,你们肯定听不到,因为打雷。我弯下腰摸地上,一张皮子,又软又热乎,不是狐狸,也不是熊,我往它耳朵上摸,是驯鹿。一只小驯鹿掉进了坑里。我再往它腿上摸——我猜得一点也不错——它的腿被夹子打伤了,这都是外地人干的缺德事。我明白了老天爷为什么让我上山取雷击火,是为了让我救这只小驯鹿。它腿受伤了,跳不出这个坑,大雨下一宿就会把坑淹没,它也淹死了。我把鹿抱上来,用皮衫蒙着脑袋,一手夹着小驯鹿,一手端着油灯,跌跌撞撞回到了家,路上只摔过一跤,差点儿跟油灯贴脸,火苗把我嘴唇烧了一个大泡,总觉着有一个羽毛贴在我嘴唇上。这就是雷击火的来历,驯鹿你们看不到了,它们在山上。"涂爸爸说完躺在床上,盖上好几件衣服,他闭上眼睛,嘴唇有一块白斑。我想起查尔斯·赖特在《南方河流日记》里的几句诗:"石头闭上眼睛,鸽子在青冈树上呻吟,那黑天使总是在他唇上安眠。"说的正是他。

火　花

夜里在涪江岸上跑步。没有月色，江水在江心岛灯光的照耀下看出来一点流淌。跑步的岸是大坝修成的花园，有树、畦花和拿鼻子问路的狗。

在坝上跑了四公里往返，看江水却看不清。尽管看不出江流，它也不像一块地，淡淡集合着天光，却比天窄。即使江面漆黑，人也能感觉江在默默地流。跟白天的奔涌相比，江水在夜里好像白流了，它不知自己身在何处。比如水岸用彩灯连缀的几个字——桃花岛。我想起东坡夜游赤壁，倘若没有星月，小舟载人在江上泛流，也不知人在何处。

在坝上跑步放不开腿脚，不光天黑，是没理由在坝上狂奔，会让树下接吻的情人恼怒。人静你动就是一种冒犯。有一条狗跟着我，我怕狗，四下找它的主人。但它无主人，从它轻佻的举止就看得出来。过去，我跑步因为遇见狗追把脚崴了，这回恐怕会被它追进江里。我站下，它假装嗅护栏下面的草；我快跑正中它意，撒开四爪飞奔；我慢跑，它用小碎步迎合。我想我怎么会遇见这样一位跑友呢？我怕狗是因为我觉得一定会被狗咬到，被咬部位必定是腿肚子而非别的地方。我仿佛体验到腿肚子的肌腱被狗牙咬的痛楚，两排牙印清晰可见。这时候最想学狗语，警告它不要再追我。然而，现学狗语来不及，只好用汉语斥它：去，别追了，停下。这条白毛、肩膀带黄斑、腰身细长的狗站下，用不解的眼神看我，仿佛受了冤屈。我说这不算冤屈，你干点别的吧！狗听了这话大吃一惊，掉头跑去，消失在夜色里。看来，"你干点别的吧"在狗的语言系统里是一句可怕的话，相当于人类说的"我要拆你房子"。

我向北跑到桥下，折返往有彩灯的"桃花岛"方向跑，跑了大约两公里见路边有烛光。

跑近了看，烛光在白色花岗岩的护栏下放射红晕。路到头了，烛光下面是野草的陡坡，有好心人（民间人士）点燃蜡烛警示。蜡是庙里用的大红烛，上粗下细，有插入泥土的铁扦子。它的火苗远看红色，近看橘黄，再近看是两束白色的火苗。

我蹲下端详烛火，看着稀罕。很久没看到火了，家里做饭的天然气火被锅盖着，看不到。而且，天然气像木梳一般吱吱响的蓝火是工业的火，没烛火那么生动舒展。

涪江坝上的两团烛火一高一矮，像比赛跳高，有表情、有笑容。我想了半天想出一句话：这是活的火。离开它们回头看，两朵微焰合成了一团红晕。那么好看，却说不出词来形容它。它的温红在夜的风里摇摆，我想起了一个词：火花。一瞬间，我为创造这个词而生出"天将降大任于斯人也"的惊喜，火花，了不起！过一会儿，想到这是早有过的词，也许用了一千年了。转而敬佩创造"火花"这个词的人，他不跑步，没被狗追也能造出如此妙词，了不起！